U0113218

"创新报国**70**年"大型报告文学丛书

中国科学院 中国作家协会 中国科学技术协会 合作创作出版项目

向西向北向全球

冯捷 著

浙江教育出版社·杭州

指导委员会、编辑委员会成员名单

指导委员会

主　任：白春礼　钱小芊

副主任：侯建国　白庚胜　谭铁牛　徐延豪　王春法

委　员：袁亚湘　杨国桢　万立骏　陈润生　周忠和

　　　　林惠民　顾逸东　康　乐　崔　鹏　郑　度

　　　　安芷生　万元熙　王扬宗　樊洪业

编辑委员会

主　编：侯建国

副主编：周德进　彭学明　郭曰方　郭　哲

编　委：冯秋子　王　挺　徐雁龙　范党辉　孟令耘

　　　　孟英杰　潘亚男　郑培明

项目组成员

周德进　徐雁龙　孟令耘　孟英杰　赵　耀　马　强

王紫涵

今年是中华人民共和国成立70周年。70年时间，在历史的长河中如白驹过隙，但在中华民族的历史上却是浓墨重彩。中国人民在中国共产党的领导下，从苦难深重的旧中国站起来，在一穷二白的条件下富起来，在百年未遇的变局中强起来，中国特色社会主义事业取得了一个又一个巨大成就。

成立于1949年11月1日的中国科学院，始终与祖国同行、与科学共进——70年来，在党中央、国务院的坚强领导下，几代科学院人不懈努力、顽强拼搏，始终以"创新科技、服务国家、造福人民"为己任，为我国经济发展、社会进步、国家安全等诸多方面作出了重大贡献，成为党、国家、人民可以依靠和信赖的国家战略科技力量。70年峥嵘岁月，中国科学院产出了一大批创新报国的科研成果，涌现出一大批创新报国的先进代表和典型事迹，几代中国科学院人共同谱写了创新报国的华彩乐章。

"创新报国"是中国科学院的优良传统。无论是1965年在世界上首次人工合成牛胰岛素，抑或1988年北京正负电子对撞机首次对撞成功，还是2017年构建天地一体化广域量子通信网络，中国科学院人创新报国矢志不渝。以北京正负电子对撞机为例，邓小平在参观北京正负电子对撞机国家实验室时指出："任何时候，中国都必须发展自己的高科技，在世界高科技领域占有一席之地……高科技的发展和成就，反映了一个国家和民族的能力，也是一个国家兴旺发达的标志。"北京正负电子对撞机的建成，奠定了我国在粒子物理学领域的国际领先地位，是继"两弹一星"之后，我国在高科技领域的又一重大突破性成就。党的十八大以来，习近平总书记始终把创新摆在国家发展战略全局的核心位置，指出"科技是国家强盛之基，创新是民族进步之魂"。中国科学院发扬创新报国的优良传统，不辱使命，再立新功，从"中国天眼"、散裂中子源等重大科技基础设施，到"悟空"号暗物质探测器、"墨子"号量子实验卫星、"慧眼"硬X射线调制望远镜卫星等系列科学实验卫星，再到铁基高温超导、多光子纠缠、中微子振荡新模式、水稻分子育种、量子反常霍尔效应等基础前沿重大创新成果，都充分体现了国家战略科技力量的使命担当和实力水平。

"创新报国"是中国科学院人科学精神的集中体现。无论是扎根边疆、献身植物科学研究的蔡希陶先生，坚持实地调研、重视一手资料的地理学家周立三院士，还是时代楷模"天眼"巨匠南仁东先生、药理学家王逸平先生，他们都用毕生的科学实践诠释了求实、创新、奉献、爱国的科学精神。以南仁东先生为例，为了给"天眼"选址，他跋山涉水，在贵州的深山里奔波了12年；身为项目首席科学家兼总工程师，他淡泊名利，长期默默无闻工作在一线。我们要珍惜这些宝贵的精神财富，大力弘扬他们在科研工作中体现出来的科学精神和专业精神，营造良好的创新文化氛围，推动创新文化建设，增强广大科研工作者的历史使命感和责任感。

"创新报国"是中国科学院科学文化的核心理念。科学文化是影响创造性科研活动最深刻的因素，是科学家创造力最持久的内在源泉。基础研究和原始创新要求科学家具有勇于探索、敢为人先的创新精神，严谨认真、锲而不舍的治学态度，无私忘我、甘于奉献的崇高人格，不辱使命、至诚报国的伟大情怀。中华人民共和国成立之初，百废待兴、百业待举。竺可桢、吴有训等一批饱经战火洗礼的爱国科学家毅然选择留在新中国；赵忠尧、钱学森、郭永怀等一批优秀科学家纷纷放弃海外优厚的生活条件，克服重重阻挠回到祖国。在当时十分艰苦的条件下，他们以高度的爱国热忱投身于新中国的科技事业，积极参与新组建的中国科学院的建设，研制"两弹一星"，制定"十二年科技规划"等，使新中国许多空白领域得到填补，新兴学科得到发展。中国科学院70年的奋斗历程，始终依靠的就是这种文化和精神，我们必须珍视和弘扬。

"创新报国"对新时期我国科学文化建设具有重要意义。科学文化本质上是一套行为准则、社会规范和价值体系，包含科学知识、科学方法、科学思想、科学精神等方面。一方面，"创新报国"已经内化为我国科学文化的一部分。"服务国家、造福人民"不但是广大科技工作者的历史使命和社会责任，也是科技工作的出发点和落脚点。另一方面，科技工作者在具体的创新活动实践中，不断深化和丰富了科学文化的内涵。他们所取得的面向世界科技前沿、面向国家重大需求、面向国民经济主战场的创新成果，帮助我们进一步坚定了民族自信和文化自信，为科学文化建设提供了强有力的科技支撑。

五年前，出于提高全民族科学文化素养的共同责任，中国科学院、中国作家协会、中国科学技术协会前瞻性地部署了"创新报国70年"大型报告文学丛书项目，目的是聚焦"创新报国"的主题，回顾我国70年重大创新成就，展现杰出科技工作者群体风貌，倡导科学精神、奉献精神和创新精神，弘扬爱国主义、集体主义和理想主义。

五年时光，倏忽而逝。这期间，作家舟车劳顿、深入基层采风，审读专家埋首伏案、逐字逐句精心审读，中国科学院研究所同志翻检档案、提供支撑保障，中国作家协会、中国科学技术协会、中国科学院机关和工作团队的同志们鼎力支持、居间协调，浙江教育出版社的同志仔细审稿、严控质量。几许不眠夜，甘苦寸心知。而今，"创新报国70年"大型报告文学丛书首批作品即将付梓与读者见面，相信这批融合了科学与文化、倾注了心血与智慧的作品，这套向历史致敬、向时代献礼的报告文学，能让我们重温激情燃烧、砥砺奋进的70年岁月，进一步坚定执着前行、无悔奋斗的信念，去努力实现建成世界科技强国的美好梦想。

中国科学院院长、党组书记

中国科学院学部主席团执行主席 　白春礼

2019年6月

一部天书

　　黄土高原腹地，中国古城西安的曲江新区，像一颗耀眼的明珠，把十三朝古都的韵味和现世的繁华呈现在一个时空里，大唐芙蓉园、海洋极地公园、遗址公园、音乐厅、美术馆、歌舞大剧院……鳞次栉比，令人目不暇接。

　　在曲江新区偏东南位置上，有一条雁翔路。雁翔路的南端，是西安交通大学（以下简称西安交大）国家科技园。在园区内，有一条宽阔笔直的大道。大道两旁绿树成荫。沿大道直直向上走，是一块稍微隆起的高地，它，就是西安市雁塔区雁翔路97号院。2004年，在中国科学院（以下简称中科院）、教育部和科技部的支持下，中科院地球环境研究所（以下简称地球环境所）与西安交大共建西安加速器质谱中心，占地12亩；2006年，中心在西安交大科技园区内新征21亩土地，建成后即为97号院。97号院呈长方形，南北稍长于东西，占地33亩。

　　时令进入9月中旬，西安城还笼罩在炎热未退的气浪里。许是前几日豪雨倾泼过的缘故，只见高悬于97号院内砖红色大楼上的"中国科学院地球环境研究所"十二个大字，遒劲，挺拔；由这十二个字及其英文译名组成一个天蓝色圆环，环抱一个黄褐色的"土"字，端正，大气。

顿时，我肃然起敬！

蓦然之间，仿佛一幅庄严神圣、幅员辽阔的山川画卷在我的眼前徐徐展开——

这，就是我们熟知的黄土高原，贫瘠，苍茫，辽阔，但充满勃勃生机。

黄土高原位于中国中部偏北，西起乌鞘岭，东抵太行山，北至内蒙古南部长城一线，南达秦岭，涉及青海、甘肃、陕西、山西、内蒙古、宁夏、河南等七个省区。在这个广阔的区域内，除了少数石质山地外，统统覆盖着一望无际的黄土。

美国、加拿大、德国、法国、比利时、荷兰、俄罗斯、白俄罗斯、乌克兰、伊朗、阿根廷、新西兰、澳大利亚的黄土呈零星分布，加起来约占全球黄土分布的30%。约70%的黄土都集中在中国的黄土高原上，黄土层厚度有50—80米，最厚可达200余米。

黄土是第四纪地质时期的沉积物。中国的黄土分布广，厚度大，是世界公认的第四纪地质时期保存时间跨度最长、气候信息最完整的大陆沉积之一，记录了它诞生后约260万年以来自然界在这里所发生的一切。它是国际古气候和全球变化研究的三大支柱（黄土沉积、冰心沉积、深海沉积）之一。这些黄土是从哪里来的？是什么样的力量使得如此众多的黄土集中在这里？260万年来所发生的一切，诸如气候的冷暖干湿、草原植被的演变交替、人类祖先的生息迁移，又是怎样的呢？

啊，黄土！中华文明源远流长，可为什么一些重大的历史转折点，总是与这片黄土息息相关？为什么生生不息的中华民族在一些生死攸关的时刻，总是与这片高原联结在一起？这片神奇的黄土，又是如何影响了中国命运的走向，影响着世界的风云变化的呢？

黄土，犹如一部天书，值得人类去探问。

序曲

从黄土到季风

一

我带着这样的疑问，来寻访一群人。这群人的手中握有一把"密钥"。掌握这把"密钥"，不但能够知晓黄土的成因机制、生长变化，而且能够进一步研究地球环境的变迁与演化。

这里异常安静，静得能听到时间行走的脚步声。

北楼是约2500平方米的加速器质谱中心，内有一台300万伏特（3MV）的加速器质谱仪和各类核素样品的前处理装置等。南楼是约12000平方米的岩芯库和办公区，以及错落有致的古环境、现代环境、粉尘与环境、生态环境等研究室。南北两楼被中间一片不大的园林隔离开来，成了97号院内的两个区域。

在中科院的编制序列里，地球环境所是一个体量小、年限短、人员新的单位。

在地球环境所为数不多的百十号人中，有中科院院士2人，研究员及教授级高级工程师24人，副研究员和高级工程师24人，客座教授及其他流动人员88人。地球环境所先后培养了16位获国家杰出青年科学基金资助者（以下简称"国家杰青"），他们如今都在我国地学界科研机构的重要科研岗位上工作。

地球环境所走过的道路可以用一条"黄土曲线"来示踪——

从贵阳到西安，"黄土"是地球环境所的落脚点和发祥地，而地球环境所的学术成果，则是从西安向北京的中国地学中心，向国际前沿、全球科研领域逐步拓展，终成气候。《中国科学》、《科学通报》、《自然》（Nature）、《科学》（Science）、《美国国家科学院院刊》（PNAS）等高端学术杂志上，地球环境所研究人员发表的文章数量众多，被引用率在国内地球科学领域居于前列。正是这些研究人员最终将黄土"风成学说"和"季风控制论"，从东方古国唱响，唱向全球。

地球环境所与中科院有关研究所、西安交通大学、西北大学、中国地质大学、南京大学、北京大学、清华大学、复旦大学、国家地震局、海洋试点国家实验室等20余家单位，以及美国、英国、法国、德国、奥地利、加拿大、日本、澳大利亚、荷兰、韩国、俄罗斯、瑞典、瑞士等30余个国家和地区，建立了合作研究与学术交流关系，建立了3个实质性联合实验室（中美加速器质谱中心、中美气溶胶实验室、中瑞树轮实验室）；获得过中科院国际科技合作奖和中国政府友谊奖、中华人民共和国国际科学技术合作奖等奖项，并向中央和地方政府提出了一系列有实际意义的建议，为中国西部经济社会可持续发展和生态环境修复提供了科学依据。

二

早在20世纪六七十年代，以安芷生为代表的科学家们就首次将古地磁磁性地层学方法引入中国的第四纪研究，通过精确的古地磁测试，确定了著名的蓝田猿人的年龄。他们提出了黄土-古土壤序列的概念，并详细划分了晚更新世马兰黄土。他们还提出了中国黄土堆积的演化和年龄计算的模式，为黄土形成的全过程和这一地带环境变化研究提供了线索和途径，并建立了可与全球气候变化对比的黄土磁化率曲线。

继而，他们从气候动力学的角度，首次系统地提出了控制中国中东部环境变迁的"季风控制论"，找到了联系中国、南亚和东南亚古环境变化的链条，并把这一成果写成文章。1990年，当这篇文章被送到当时世界地学领域顶级刊物《第四纪研究》（*Quaternary Research*）时，美国威斯康星大学教授、麦迪逊气候中心主任、古气候研究权威约翰·库茨巴赫（John E. Kutzbach）教授惊喜地连连赞叹："这是极好的文章，它照亮了理解东亚环境变迁的道路！"

他们说："黄土是个好东西！"

他们说："季风了不起！"

他们还说："'掐'住了年代，就有了标尺。"

这是他们的日常说辞。没有豪言壮语，没有华丽的辞藻，甚至连寒暄都是矜持和节制的。

他们立足黄土高原，借助季风动力学理论，紧紧"掐"住年代的尺度，打开一扇扇窗户，反过来再用黄土序列记录季风的变化，记录西部干旱区的变化，以及青藏高原的隆升和全球环境的演化。

总之，从黄土到季风的研究，是从单学科研究到多学科研究的跨越。黄土是季风吹来的沉积物，记录了季风的许多信息，而季风研究需要湖泊、海洋、沙漠、树轮、石笋、珊瑚以及砗磲等记录的信息来加以补充和完善。黄土研究仅限于黄土高原区域，而季风研究就要求他们有更广阔的空间视野。从黄土研究到季风研究，他们一步一个脚印、一步一个台阶，研究机构也从1985年建立的"中国科学院西安黄土与第四纪地质研究室"（以下简称黄土室）发展为"中国科学院黄土与第四纪地质开放实验室"（以下简称黄土与第四纪地质开放实验室）、"中国科学院黄土与第四纪地质国家重点实验室"（以下简称黄土与第四纪地质国家重点实验室）；1999年，该实验室升格为"中国科学院地球环境研究所"；2018年，中科院依托地球环境所开始筹建"中国科学院第四纪科学与全球变化卓越创新中心"（以下简称第四纪卓越中心）。研究队伍不断壮大，研究实力不断增强。

为了进一步展示这条发展曲线，我从安芷生发表的众多文章中择取三篇作简要介绍。第一篇是关于黄土与季风记录的文章，1990年发表在《国际第四纪》（*Quaternary International*）杂志上。文中，安芷生认为260万年的黄土-古土壤序列记录了东亚冬、夏季风变迁的历史。第二篇文章研究的是从东亚季风到印度季风，及其与青藏高原隆升的联系，2001年发表在《自然》杂志上。第三篇文章就是关于著名的"鹤庆第一钻"，阐述了印度季风变化与南北半球气候的联系，2011年发表在《科学》杂志上。

这三篇文章，是地球环境所研究人员发表的众多学术论文中具有里程碑意义的代表性文章，代表了他们从黄土研究到"季风控制论"再到青藏高原隆升的科学研究的三个阶段。

三

安芷生认为，环境再怎么变化都是可以追根溯源的，做学问也一样，是有精神传承的。

安芷生讲，他忘不了导师刘东生说过的话：科学家追求的是智慧，要用智慧去开启新的科学发现。"新"就是科学的生命力！

在刘东生看来，黄土就像一部神秘的天书，每一层都蕴含着一个地球故事。为了读懂这些故事，刘东生走遍了每一寸有黄土的地方。走着，走着，直到有一天，刘东生突发了一个念头，最终又将这个念头，在一个特定的历史时期变成了一项抉择。而这项抉择，促使他们迈出了西进、北上的"万里长征"的第一步！

此时此刻，站在97号院内，踏着足下的黄土，我感受到了那于无声处澎湃燃烧的激情，感受到了他们对黄土的深深眷恋，感受到了他们奋起前行的铿锵脚步声，唯独感受不到一丁点儿的浮华和喧嚣。

这里没有傲慢与偏见，唯有自信和毅力。这是一个科学家群体，一群对真实自然及未知生命、环境、现象进行认识、探索的人。

看啊——

　　我的眼前走来了一队身影，从远至近：这是一支艰难跋涉的队伍，一支不断壮大的队伍，一支朝气蓬勃的队伍，一支砥砺前行的队伍……

第一章　一个和八个

Chapter One

一项抉择

1984年春间二三月，轻风微微地吹拂着，如毛的细雨由天上洒落着，千条万条的柔柳在风中轻摇着，绿的草，五彩的花，皆如赶集似的奔聚而来——灿烂的春天来了。那些伶俐的小燕子也由南方飞来，为这个春天平添了许多生趣。

第四纪地质学家、古脊椎动物学家、环境地质学家，被称为"黄土之父"的刘东生在这个春天里，由心底里生发出了一个念头：在黄土高原的腹地——中国西部中心城市西安，设立一个黄土与第四纪地质研究室！刘东生虽已67岁，但思维敏捷，精神矍铄。他也被自己的这个念头振奋了，干练的身板儿愈发地挺得笔直。

对于科学一贯非常敏感的刘东生，对形势、对事物的发展变化同样有着敏锐的感知。那时他从地处贵阳的中科院地球化学研究所（以下简称贵阳地化所）调回北京不久。他想："北京从事第四纪研究的总部已经被合并撤销了，虽然贵阳有一间'第四纪室'，可毕竟离黄土很远。如果在黄土高原腹地的西安设立一个'黄土室'，这样'一带二''二托一''三点鼎力'，岂不是最为合理的结构吗？"

　　说干就干！刘东生首先和地处西北兰州市的中科院兰州冰川冻土研究所（以下简称兰州冰川所）所长施雅风说起此事。早在1964年，也是刘东生科学研究生涯里关键的一年，他就与施雅风结下了深厚的情感。

　　我国著名地质学家李四光曾说过，研究第四纪必须研究冰川。有一个问题一直在困扰着科学界：黄土物质从何而来？大家普遍认为黄土的形成是戈壁地区岩石风化、破碎，形成粉砂细粒而致。可是究竟有多少黄土是这样形成的？黄土多为粉砂粒级物质，其中棱角鲜明的石英颗粒又是怎么来的呢？有人认为是来源于冰川，因为美洲、欧洲的黄土基本上都分布在冰川沉积的外围。一些欧美学者认为，冰川刨蚀岩石，将其研磨得很细，搬运至冰川外缘沉积下来，再经风吹扬，被搬运到附近，形成黄土。可是从我国黄土分布的地理位置来看，其成因似乎与冰川关系不大，因为我国黄土高原离冰川很远。

　　"那么，中国黄土的来源到底与冰川有没有关系？这需要做进一步研究。"刘东生懊悔自己以往对中国西部冰川研究得太少了。

　　谁知真是天赐良机，瞌睡遇上枕头了！刘东生听说国家体委下属的登山协会要攀登位于西藏的希夏邦马峰，而本次活动的发起者，正是时任中科院地理研究所（以下简称北京地理所）冰川冻土研究室主任施雅风。

　　北京地理所曾经调查了天山、祁连山冰川，获得了冰川"黑化"、融冰化学、增加干旱区水源等研究成果。刘东生按捺不住自己的喜悦，脚下生风地找到施雅风，要求和他一起攀登希夏邦马峰进行科学考察。

　　希夏邦马峰海拔超过8000米，山顶空气稀薄，人迹罕至，因此对攀登者的身体条件要求极为严苛。"如果您身体检查合格，我们很欢迎！"施雅风说。

刘东生一听，立即按照施雅风和体委的要求去做了全面体检，结果表明他的身体完全合格。在施雅风的提议下，他还被任命为希夏邦马峰科学考察队副队长，跟着施雅风率领的团队出发了。

这次的科学考察队规模相当庞大。1964年2月，来自各地的登山队员、科学考察队员在拉萨集中；3月，到达希夏邦马峰北麓的定日。他们把大本营设在海拔5000米处，登山队员做了多次适应性行军后，于5月2日成功登顶。

这是一次内容十分丰富的科学探险活动。刘东生一行将采集的标本、样品带回北京，交给地质古生物学家仔细研究，还根据研究成果出版了科学报告、画册。

刘东生再次和施雅风以及时任中科院西安分院院长李振声讨论此事。

刘东生的决心很大，他说："瑞典人安特生写过一本书叫《黄土的儿女》，讲他在中国的地质调查生活。从1946年读那本书起到现在，几十年过去了，我至今没有忘记。在孕育了中华文明的黄土高坡上，有许多事情我们应该去做。西安有水土保持和改良农业的中科院水利部水土保持研究所（以下简称水利部水土保持所），有中科院光学精密机械研究所，可在这一片面积约50万平方公里的黄土地上，我们还应该有专门研读黄土、探索黄土，乃至改造黄土的研究机构呀！"

"如果我们是幸运的地质学家，如果我们是会与黄土对话的地质学家，我们就应该到她的身旁来，跪在她的膝下，仰望着这位脸上布满皱纹的老奶奶，聆听她给自己的后代所讲述的家族历史。她会告诉我们过去260万年来地球上所发生的事情——气候的干湿冷暖，沙漠的走向，草原的交替，植被的演化，人类的迁徙……"刘东生是个文笔佳、口才好的学者，他激动而又滔滔不绝地说着。

身居西部半个多世纪、苦心攀登学术高峰并有卓越贡献的施雅风也说道："我们是科学家，是要用证据说话的。科学研究的结果是要从自然界获取的，我们当然不允许自己对青藏高原和黄土高原知之甚少。"

"黄土研究的问题，不只是区域的问题，只有对我国黄土的广度和深度，奥秘和变迁进行深入研究，深入到它的'内心'去，才能充分领略它的传奇。我看在西安设立一个黄土与第四纪地质研究室最合适不过了。"李振声说道。

……

他们三个立即决定：第一步，由时任中科院西安分院党组书记杨文景提议，申报至中科院党组。

令他们欣喜的是，这一提议报上去后，很快就得到了中科院党组的认可。

第二步，争取时任贵阳地化所涂光炽所长和欧阳自远、谢先德副所长的理解和支持。

刘东生萌发的念想眼看着就要变成现实，他变得更加郑重起来。他开始认真思虑、反复琢磨起"让谁来"这个关键问题了。

1984年9月14日，中科院院长办公会讨论通过了这项提议。10月11日，时任中科院副院长叶笃正、孙鸿烈签发文件，中国科学院西安黄土与第四纪地质研究室正式成立。

午后，北京北新桥刘东生家。刘东生坐在椅子上很久了，一动未动。他的脑海里浮现出一长串人名来，他思量良久，这才舒展开了眉头，脸上露出一丝轻松的笑容来。可是，当他坐在书桌前落笔的一瞬，又犹豫了。

刘东生最终写下的是文启忠、郑洪汉、李华梅三个名字，以及"其他人选由贵阳地化所领导考虑"。

名单很快送到了位于贵阳市南明区观水路46号（俗称杨家坝）的贵阳地化所。

20世纪60年代中期，一大批来自五湖四海的优秀儿女，奔赴山川秀美、气候宜人的黔中大地，创建了中国第一个地球化学专业研究机构——贵阳地化所。

建所初期，所里的正式编制人员为626人，1993年，最高峰时编制人员达873人。1985年，由该所抽调的一部分同志在西安建立黄土室；1987年，在广州建立中科院地球化学研究所广州分部，1993年改建为中科院广州地球化学研究所（以下简称广州地化所）。

要在西安建立黄土室的决定传到贵阳地化所后，在所里引起了不小的震动。大西北黄尘漫漫，令人生畏，就连被刘东生点到的三个人也都没有要去的意愿。

消息传回北京，刘东生没有丝毫迟疑，当即奋笔给他的大弟子安芷生书信一封。几天后，又寄信一封。

"刘先生的文字是很棒的！这两封信更是写得情真意切，语重心长，可见老先生对黄土怀有深厚的情感。"安芷生说。

在西安成立黄土室，既是中科院的决定，更是他们师生多年来的一个共同心愿：在黄土的家园建立一个研究黄土的机构！

早在19世纪初，世界上最早研究黄土的德国地理学家李希霍芬曾经说过，中国士大夫总喜欢在窗明几净的书房里吟诗作画，若干年后，中国其他学科可能发展，但地质学，这个需要到野外去研究的学科，不可能有太大发展。当时，中国地质界的先行者丁文江把李希霍芬的这句话翻译出来，写在地质学会的会报上，以警示大家。

刘东生之所以点将学生安芷生，是因为安芷生与陕北的黄土打过20年的交道，酷暑寒冬，风沙走石，安芷生哪一样没有经历过？黄土目睹了安芷生20年来的酸甜苦辣，黄土见证了他们师生共同缔造的一个个辉煌。

那是1981年，刘东生应瑞士籍华裔地质学家、美国国家科学院院士许靖华教授之邀，到苏黎世联邦理工学院访问。

一日，许靖华建议刘东生在中国陕西洛川黄土剖面取一个钻孔的系统样品来测试，定会有大大的收获！许靖华说："确定黄土年代极其重要！"

刘东生深受启发，第一时间传话给安芷生。

那是腊月初，安芷生二话没说，即刻从贵阳启程到了陕西，顶着凛冽的寒风和鹅毛般的大雪，攀塬凿土，风餐露宿。他与陕西第二水文队队员一起，在洛川黄土塬上战斗了一月有余，困了就在附近农家的青石板上铺上厚厚的麦草，裹着大衣睡一觉，饿了就啃块干馒头充饥。

半年后，安芷生把样品寄给了刘东生，同时自己也带了部分样品到澳大利亚国立大学实验室做实验。

两人的实验结果同时出来，结果发现并确定了黄土与古土壤的磁化率是明显不同的。黄土磁化率低（弱），代表干旱气候；古土壤磁化率高（强），代表暖湿气候。二者交互成层，从第四纪早期（约

260万年前）到现在，共有几十个交互层，代表存在几十个气候旋回。经过研究，他们惊喜地发现，这与国际上深海沉积物氧同位素变化曲线有相似性。

很快，刘东生和瑞士科学家弗里德里希·海勒（Friedrich Heller）合作，就此项研究成果合写了一篇文章，发表在《自然》这个国际顶级杂志上。

当接到刘东生让他去西安组建黄土室的书信后，安芷生的心里泛起了波澜，这是人生的一次重大转折啊！他眷恋黄土，看重师生情分，也懂得刘东生的用心。刘东生的两封长信强调了三点理由："西安离黄土近，实践方便；自己独当一面，自由度大；科学研究任由驰骋，天地广阔……"

安芷生思绪万千，可他想："这毕竟不是我一个人的事情，这是关乎一班人马、一方天地，是要去干一番事业的！"

想着，想着，安芷生有些亢奋，也有些忐忑。

安芷生主意已定！但此时的他却陷入和刘东生相似的情境中。他的脑海里同样地浮现出一串长长的人员名单，他也在排列、比较、组合，多方思虑，再三斟酌。

一个和八个

　　他们是分批前往西安的，前后相差不过半个月时间。高万一直起腰，看着大包小包一堆一堆的行李，心里莫名地有了些伤感，眼睛也有些湿润了。20多年了，就这么走了？这可是要举家从贵阳迁往西安呀！

　　孙福庆比较麻利。他当过司机，无论在机关还是研究室，做事灵活，得劲。周明富是最后决定的，他先要到南京处理课题上的一些事情，会晚些日子再启程。周卫健随安芷生打前站，顺便绕道北京申请款项和仪器。她一直从事外事工作，见多识广，人也利落干练。她丈夫祝一志是北京大学地貌学专业毕业生，是第一个因为支持安芷生而自愿去西安的人员，这一点很让安芷生感动。张光宇在忙着为女儿办理转学手续……

　　安芷生无数次地把前往西安的人员名单圈了又划，划了又圈。安芷生只是个讲师，但除了他们几位，贵阳地化所又有谁愿意去偏僻荒凉的大西北安家立业呢？能有这几位志同道合的同事愿意支援大西北建设，安芷生感到极其欣慰。

出发前，安芷生再一次逐一端详了一遍这些勇士们——

祝一志：第一个志愿者。事实证明，在以后的几十年岁月里，他总是一马当先、不离不弃地走在这支队伍当中。无论是从事地貌学与环境考古研究，还是从事党政、后勤工作，他都毫无怨言、兢兢业业。

周卫健：学外语出身，向往做地质工作，是个双料人才。

张光宇：毕业于厦门大学化学系，做分析化学研究，动手能力强。

高万一：在科技处工作，掌握一手出色的绘图技能。

张景昭（高万一妻子）：在设备室管理仪器。

孙福庆：毕业于贵州大学化学系。

周明富：在贵阳地化所做过多年助理研究员，诚恳耐劳。

刘荣谟：有从事稳定同位素工作的经验，是安芷生的同学，他即将从成都赶赴西安与大家汇合。

最后，安芷生低头看了看自己，然后又抬起头，一种豪迈的情绪鼓舞着他：一个和八个！多么吉祥的数字！

安芷生的妻子台益和也从贵阳师院外语系调来了，从事图书管理和外事工作。

一贯行事低调的安芷生，几个月来第一次发自内心地感到愉悦。刚刚四十岁出头的他，满是干事的刚劲和心气。

离别的日子终归到来了，贵阳地化所相关科室分别为要走的人们召开欢送会。大家看着他们的行李，除了自家的生活日用品之外，他们没有带走所里的一台仪器、一部电话、一个零件。大家恋恋不舍，挥手告别。

　　1985年早春三月，安芷生一行乘坐列车，从贵阳出发，穿过了山，跨过了水，行过了白天，行过了夜晚，向西、向北，向北、向西，向着黄土高原的方向一路前行。经过几天几夜，他们终于到达了西安，到达了位于西安市雁塔区小寨东路3号的中科院西安分院。

　　时任中科院西安分院院长李振声，副院长华守俊、吴守贤等同志，对他们的到来表示热烈的欢迎，并提供了大量的帮助。

　　在李振声的支持下，在吴守贤的亲自安排下，西安分院把四层办公楼中200余平方米的一层全部腾给了安芷生他们做实验室和办公室。西安分院刚刚建起一座崭新的家属楼，也拿出6套分给他们居住。

　　很快，中科院的任命书就下来了：

　　中科院西安黄土与第四纪地质研究室第一任主任由刘东生学部委员担任（兼职），安芷生任副主任（执行主任）；成员有周明富、孙福庆、张光宇、周卫健、祝一志、张景昭、高万一、刘荣谟等。

　　当时，正值中科院推行"开放、流动、联合"的改革措施，时任中科院计划局局长的张云岗眼界开阔、思想活跃，他不但为黄土室提供了建立开放实验室的思路，使黄土室从一开始就以"高起点""新面貌"走在正确的轨道上，而且在他的协调、帮助下，中科院给黄土室订购了一台价值几十万元的低本底液闪测量仪。大家兴奋地拍手叫好，人人撸起袖子，拉开了要大干一番的架势。

　　安芷生说："^{14}C（碳-14）实验室可以运转起来了，还定制了一台MAT-251气体稳定同位素质谱仪。"

　　直到30多年后的今天，提起这两台仪器来，安芷生仍然抑制不住自豪地讲道："那台液闪测量仪后来被加速器质谱仪取代，MAT-251气体稳定同位素质谱仪到现在还能用。"

后来，他们自己又定制了一台热释光仪器，另外又购买了粒度分析仪、显微镜等。张云岗局长还慷慨地拨给了他们8万元的启动费。那时的8万元，可是一个了不起的数字！

在安芷生的带领下，他们从零开始，打扫卫生，置办办公用品，采购桌椅板凳，用肩扛，用手推，用板车拉，小心翼翼地将仪器搬进了实验室。

4月，黄土室人员全部到位。其中科技人员8人，行政后勤人员7人，加上刘东生和安芷生，共17人。

建室之初，安芷生的行动宗旨就突出了两个字：速度！

速度，是紧绷在安芷生及大家心头的一根弦，不能松弛，更不能断裂。

白手起家！黄土室的成员个个夜以继日，加班加点；人人身兼几职，任劳任怨，见活就干，采购，拉板车，听讲座，做实验，"三头六臂"，样样全能。周明富的儿子周飞至今还记得，经常是一群孩子放学后围着他家灶台吃饭，因为别人都加班了。妈妈管后勤，管理了单位的后勤再下班回家管他们。周飞说他很少看到爸爸的身影，爸爸不是出差，就是开会。周飞还说安老师是3号院里走路最快的人，像刮风一样，走过来，走过去，再没有比他更急的人了。

招兵买马

转眼已是7月间，时令进入仲夏。祝一志去看了洛川剖面，实地考察，采集样品；张光宇泡在图书馆里找文献资料；刘荣谟陪着工人装修，将办公室改造成同位素实验室；孙福庆带着一个临时雇来的司机，驾驶大卡车去北京拉仪器；周卫健和张景昭两个女将直奔天津塘沽港。

"这两个女将可真能干！"安芷生夸奖说。本来黄土室购置的从荷兰进口的低本底液闪测量仪，还有一个星期才能进港，可她们急啊！她们就天天跟着人家港务人员，动之以情，晓之以理，讲科学多么重要，讲时间多么紧迫，软磨硬泡，硬是让海关人员同意将货船提前一周进港、发货，运往西安。

肖举乐当时是西安地质学院（今长安大学）水文地质系即将毕业的大学生，孙建中是西安地质学院教授、水工系主任，兼第四纪委员会委员、中国冰川冻土协会理事，也是肖举乐的恩师。当肖举乐正在为毕业后的去向做打算时，孙建中推荐他去黄土室。他建议肖举乐去黄土室有两个理由：第一，这是中科院的新单位，和它一起成长是千载难逢的机会；第二，便是冲着学科带头人安芷生的。在孙建中心目中，安芷生早已是研究第四纪的响当当的人物：是他首先翻译了考克斯（A.Cox）的地磁极性年表，将古地磁磁性地层学方法引入中国的第四纪研究，通过精确的古地磁测试，确定了著名的蓝田猿人的年龄为距今约115万年；是他与卢演俦于1979年提出黄土-古土壤序列的概念，并在1984年对晚更新世马兰黄土进行了详细的地层划分，首次将最近13万年的马兰黄土与深海沉积物氧同位素 $\delta^{18}O$ 进行了正确对比，其研究成果发表后被大量引用。

安芷生是这样评价肖举乐的："他在黄土室任劳任怨，从不计较个人得失，作风严谨，干脆利落。"

在安芷生的记忆里，那是1987年，肖举乐全程参与了安芷生团队在第二十二届国际科学联合会（The International Council of Science Unions，简称ICSU）北京年会上所作报告《最近2万年中国古环境变迁》的准备工作。肖举乐写文章严谨，逻辑性强，安芷生的三篇重要文章他都是合作作者，包括《黄土是季风的记录》（1990年）、《最近13万年黄土磁化率的季风证据和粉尘通量变化》（1991年）等。这些文章是最早研究东亚古季风的文章，在国际刊物上发表后的被引用率很高。安芷生强调说："这表明，他对东亚古季风的研究有着重要的贡献。"

安芷生表示："我和吴锡浩、汪品先等人在《中国科学》发表的《最近13万年东亚古季风》的综述文章，也是他整理的。他提取了黄土中的石英颗粒作为冬季风的坚实证据。史蒂文·波特（Stephen Porter）与我在《自然》杂志上发表文章，三分之一的数据都是他提供的。后来，他到大阪城市大学读博士研究生，研究日本湖泊与东亚季风的关系，回到北京地质所后，转而做湖泊研究了。"

安芷生肯定地指出："肖举乐现任中国第四纪研究会秘书长，为中国第四纪研究的发展作出了积极贡献。"

回想起1985年，那个炎热的7月，肖举乐来到黄土室所做的第一件事却是押车。他带着两个外聘的司机到天津塘沽港，要把周卫健和张景昭"磨"来早到的那台低本底液闪测量仪拉回来。那时候，跑长途不像现在这么方便，要带上干粮，水壶里灌满水，还要带上两大桶汽油做汽车燃料。行驶三天三夜，马不停蹄，昼夜兼程。

当他们把这台低本底液闪测量仪拉回西安时，孙福庆也把另一台MAT-251气体稳定同位素质谱仪拉回来了。大家都连夜赶来了，吊的吊，抬的抬，推的推，扛的扛，忙得不亦乐乎。

在肖举乐来黄土室报到之前的一个星期，已经有一位西北大学毕业的大学生，名叫孙东怀，仰慕安芷生之名而来。紧接着，复旦大学核物理系毕业的大学生谢军也来报到了。

尽管这里的条件、待遇、名气，和中科院很多研究所相比差了许多，可是这里一样充满了勃勃生机。这里有安芷生，这里有齐心协力的集体，这里的发展和变化日新月异。黄土室就像一个初生的婴儿，一天一个模样，一天一个变化。

他们先后建起了 ^{14}C 实验室（成员为周明富、周卫健、蒋宇、阎远森）、同位素实验室（成员为刘荣谟、刘禹、孙福庆）、热释光实验室（成员为卢演俦、张景昭、谢军）、地球化学实验室（成员为张光宇、张小曳）和沉积物实验室（成员为肖举乐）。

为了建立 ^{14}C 实验室，刘东生亲自给周明富写了一封长信，信中对^{14}C实验室在西安的发展前景和人员安排等事宜都作了详细的部署，鼓励周明富把建实验室的担子勇敢地挑起来。在刘东生的指导下，在安芷生的带领下，^{14}C实验室成员瞄准黄土、第四纪和全球变化的学科前沿发愤图强，不到半年时间，就取得了一项喜人的科研成果。

他们到举世闻名的临潼兵马俑博物馆，在其一号坑、二号坑和铜车马室内，分别测试了一批与兵马俑相伴的已焚烧的木制品的年代数据。

当周明富、周卫健、张景昭等人把兵马俑的准确年代测出来，并与历史资料相对照，结果完全吻合时，当时在场的陕西省、西安市、临潼区、兵马俑博物馆等单位的领导和工作人员无不惊喜，《陕西日报》、英国广播公司（BBC）为此分别作了专题报道。

1985年10月，在刘东生、安芷生的安排下，黄土室在西安召开了一个声势浩大的国际黄土学术研讨会。与会人员100余人，分别来自欧洲、澳大利亚、美国与中国等国家和地区，大家进行了深入而广泛的学术交流。美籍华裔科学家周存林参观了黄土室的^{14}C实验室后，激动地说："不可思议！黄土室在短短半年时间里，建立了拥有国际先进水平的低本底液闪测量仪的^{14}C实验室，并且测出一批数据，这在发达国家的实验室里也是很难做到的。"

在这次会议上，刘东生提出了"要造就一流人才，必须与国际上一流科学家合作"的指导思想。此后，安芷生瞄准黄土、第四纪地质和全球变化的科学前沿，积极进行国际合作，让很多国际知名教授认识和了解了这个体量不大但独具特色、办事高效的黄土室。

这期间，黄土室又来了一批刚刚走出校门的优秀大学生，小寨东路3号院里，一时间分外热闹。

他们是西北大学化学系毕业的张小曳，从南京大学引进的优秀学生刘禹、周杰，以及到黄土室攻读硕士学位的郑洪波、赵华。

他们一来就赶上了好时候，这段时间既是黄土室最为忙碌的时期，也是最能锻炼他们的当口。

在黄土室里，安芷生就像一棵神奇的"灵魂树"，将他们牢牢地吸引住，推动他们迸发出个人最大的能量。

人们不得不佩服安芷生，他科研能力强，英语好，做事有效率。而这些成绩的取得，均与他的学习经历有关。

1962年，安芷生所在的地质系，一共挑选了5名同学参加研究生入学考试，他是其中之一。

自从进入南京大学地质系，安芷生四年来一直都是系里的优秀生，功课极好。然而，有人说他海外关系复杂，不可以让他参加考试。在这关键时刻，南大地质系总支书记马迁和班主任王赐银都说："他当时那么小，知道什么吗？成绩不错就让上吧。"最后，这5个人参加考试，唯有他一个人考上。

当时的安芷生只有21岁，正当意气风发时，就跨进中科院地质研究所，做了赫赫有名的刘东生的研究生，而且还是刘东生的"开门弟子"。

那一日，秋阳普照，安芷生从南京启程，一到北京，刘东生就派了北京地质所一名干事开着吉普车去接他。接到他后，直接领进了食堂，吃窝窝头。安芷生记得非常清楚，他说："那是1962年10月13日。"

当天下午，安芷生到刘东生家去拜访。"刘先生先看看我长什么样，目测良久，无言无语。"

或许像安芷生长得这么"漂亮"的男孩子不该来学地质吧？如此标致的"白面书生"怎么跑高原挖黄土呀？

刘东生没有开口，安芷生也不敢多言。

沉默了一会儿，刘东生问他："你对第四纪研究有兴趣吗？"

"没有兴趣。"安芷生如实回答。

刘东生的脸马上"垮"了下来。

可安芷生是诚实的，接着又说道："系里分研究生报考名额时，把我分到第四纪，我是没办法才学第四纪的，其实我对地球化学很感兴趣。"

因为那时候地球化学很时髦，安芷生的大学毕业论文《钴在矽卡岩成矿作用中的行为》就与地球化学有关，他便实事求是地交代了。

"看得出刘先生当时很失望，后来他也就算了。"安芷生回忆说。

因为刘东生慢慢地有些了解这个肯下苦功的小伙子了。

"每个礼拜天，当刘先生从西郊回来，都先要看看地质所大楼320办公室是不是亮着灯。"

安芷生在刘东生的320办公室里学习。"回想起来，这是多么优厚的待遇。"安芷生感叹道。

亮灯，刘东生就高兴；不亮灯，第二天准要问他："干什么去了？"

"我在那里受到了很好的熏陶。刘先生对我要求严格，送我到不同的实验室接受基本训练。在先生的安排下，从考古学到地球化学，从哺乳动物鉴定到孢粉数目统计等，我都得到了各个实验室最好的老师的指导，我的地层学的时间概念和环境演化过程的思想就是从那时形成的，"安芷生说，"然而，有一件事情，让刘先生不好做出表态。"

安芷生私下里跑到北京地质学院报了一个英语补习班，学了三个月的音标、单词和语法后，他觉得英语并没有那么玄乎，还挺简单的。可是，第四纪地质是一门专业性比较强的学科，需要专门攻一攻。加上那时的他已经是每个月拿42元工资的人了，不怕交不起费用。于是，他便偷偷地跑到北京西四附近找了一位退休老教授。"此人英文很好。"安芷生说。当时他把一本理查德·福斯特·弗林特（Richard Foster Flint）写的《冰川和更新世地质学》（*Glacial and Pleistocene Geology*）给了老教授，让他从头至尾给自己讲一遍。老教授授课，安芷生付给他学费。就这样，教授讲，安芷生学，两人配合得非常默契。

安芷生说："别看刘先生'土'，没留过洋，可他英语非常棒！他非常注重外语的学习交流。后来，到了20世纪80年代，我和刘先生一起准备国际地质大会报告英文稿，完成后，刘先生让我交给中国地质大学杨遵仪教授修改。杨先生是我国地质界与周明镇先生英语同样好的学者。刘先生看完杨先生的修改稿，对我说：'杨先生的英文写得既通俗又简洁，没有一句多余的话，值得我们好好学习。'"

刘东生告诫他："写文章时，看100篇文献与看10篇文献写出来的文章的味道、深度是不一样的。"他强调了全面收集资料的重要性。

"英语好是做好科学研究的重要基础，否则，你怎么看到最前沿的信息？你怎么会有敏感的意识呢？"安芷生强调说。

从此以后，安芷生始终坚持学习英语。在20世纪70年代中叶，他一边查字典，一边阅读外文文献，虽然速度很慢，四小时才看完一页，但他锲而不舍并且兴趣十足地坚持着。功夫不负有心人。正是他这种"笨拙"的"聪明"，让他发现了国际第四纪科学研究的一个重要成果——古地磁年代表，并将它翻译了出来！

他惊喜不已，再接再厉。他用古地磁的方法定年，在《地质地球化学》杂志上，发表了他翻译的考克斯的地磁极性年表，把磁性地层学引进了中国！

这篇文章引起了时任贵阳地化所所长涂光炽的注意。涂光炽思想很敏锐，他立即拨款，建立古地磁实验室。安芷生订购了所需仪器，李华梅主持建立了贵阳地化所的古地磁实验室。此后，安芷生与卢演侗一起，多次去洛川剖面进行野外调查。卢演侗负责黄土气候旋回划分的研究，安芷生与魏兰英进行土壤微结构的研究，并写了《离石黄土中的第五层古土壤及其古气候的意义》一文，发表在《土壤学报》（1980年第17卷01期）上。文章明确提出："古土壤作为历史或地质时期自然景观形成的土壤，不仅是古环境和古气候的一种良好记录，而且对于研究土壤的发生、发展乃至退化的过程都有重要意义。"

"其实英语的学习并不是能一蹴而就的，没有基础训练始终底气不足。我不像周卫健，她是先学英语后学地质的，做起研究来便利了很多。"安芷生认为。

创建黄土室伊始，英语专业出身的周卫健做起事情来，总是那么得心应手，自信满满。

周卫健1953年3月出生于贵阳，她是这个家庭里的第一个女孩，青年时代就投身革命事业的父母给女儿取名"卫建"，取"保卫国家，建设国家"之意，希望女儿长大后，能够投身于新中国的建设事业，做一个对国家有用的人。小卫建一点点地长大了，一步步地成熟了，越发敢担当、有出息，并且她将自己的名字改为"卫健"，表明她不但要建设好伟大的国家，还要求自己有善良的心灵和健康的体魄。

与安芷生苦涩的成长环境恰恰相反，周卫健从小顺风顺水。做一个正直而善良的人，一个有所追求的人，一个脱离了是非争执和低级趣味的高尚的人，一个工程师、科学家……始终是周卫健为人做事的理想。1993年2月，周卫健加入九三学社，1995年在西北大学地质系获博士学位，2009年当选为中科院院士，2010年当选发展中国家科学院院士。她是陕西省政协第十届、十一届委员会副主席，第九届、第十届、第十一届、第十二届、第十三届全国人大代表。她总是走在新中国建设的大道上，时时刻刻为国家的发展壮大建功立业，一步一个脚印地成长为一位具有国际影响力的科学家。

1968年底，周卫健遵照毛泽东"知识青年到农村去，接受贫下中农的再教育"的指示，到了贵州省罗甸县，做了一名知青。回城后，周卫健继续到贵阳一中读高中，高中毕业后留校做老师。1973年，周卫健通过群众推荐，到贵州大学外语系读书。

1976年，即将从贵州大学外语系毕业的周卫健，被贵州省赤水天然气化肥进口设备厂看上了。

到了赤水，周卫健接到的第一个任务是给一个研究机械泵的美国专家当业务翻译。业务翻译和生活翻译不同，业务翻译首先要熟悉大量的专业词汇，周卫健需要恶补这方面的知识。面对那些生僻的单词、名称、术语，她反复研读，将"堡垒"一个个地攻克。她在宿舍的墙上、天花板上、门上统统贴上了抄写着单词、名称和句子的纸条，躺下看，起来背，反复学，不让一丝一毫的时间白白流去。

不到半年，周卫健已经成了厂里的顶梁柱，能够和外国专家们自如地交流、沟通，并且能参与安装、作业。很多外国专家来交流时，点名要周卫健做自己的翻译。国内许多技术人员看不懂外文资料和说明书，也跑来向她请教。

贵州省赤水天然气化肥进口设备厂偌大的厂区里再也"藏"不住周卫健了，省外事局、省外办、公安部门、学校，很多单位都要"挖"她。最后贵阳地化所的涂光炽所长亲自出马，目测、考试，把周卫健招进了贵阳地化所。

到了贵阳地化所，周卫健才知道，这是一个中国高端的科学研究机构，是一个科研人才聚集的地方，也是一个让她感到神秘而向往的地方。

招她进来的涂光炽所长，本身就是地质学泰斗级人物。这里还有赫赫有名的黄土与第四纪地质专家刘东生院士，以及老一辈科学家侯德封、李璞、郭承基、司幼东、余皓，所领导杨敬仁、彭会等多年从事与地质、地球化学有关研究和管理工作的专家。他们学识渊博，经验丰富，成果丰硕，名声惊人。

周卫健非常兴奋，认为这里简直就是科学的圣地，知识的天堂。她不愿辜负这里良好的环境，更加勤奋好学，翻译的水平更是炉火纯青。很多国际著名科学家到了贵阳地化所，直接点名请周卫健做翻译。有一位研究氨基酸的美国科学家，来中国很多次，走遍了几十个城市，前前后后作了40多场报告，都是由周卫健做翻译。

在北京的一次活动中，中科院古脊椎与古人类研究专家周明镇看着这个伶俐聪明又勤恳好学的姑娘，悄悄地勉励她："英语再好，只能当个工具。你还年轻，应该钻研一门业务，做科学研究。这样你就会像插上翅膀的鲲鹏，可以大展宏图，你的专业也会插上双翼。'两条腿行走'，岂不是具有了得天独厚的广阔空间和更加快捷神速进步的条件吗？"

　　周明镇的话一下子点醒了周卫健。从此，周卫健再也没有停顿过、犹豫过、彷徨过，她一往无前地学习、实践，再学习、再实践。她发扬"钉子精神"，努力钻研，要做个"两条腿"走路的更高层次的科学人才。

百炼成才

年轻的黄土室里的年轻人，个个"两条腿"走路，人人身兼数职，这既是他们生存的环境所迫，更是安芷生对他们精心而有意识的培养和锻造。

刘禹1963年出生于西安，他喜欢文学，中学时代就饱览群书，阅读过大量的中外文学名著。他的理想是当一名作家，可从事电子工程工作的父亲却劝阻了他。于是，他便听从了父亲的建议，学了地质学。他的确不负所望，1982年的全国高考，陕西省应届毕业生的大学录取率仅为4%，他以优异的成绩考取了著名的南京大学地质系。在他心中，大自然是另一本"名著"，李四光是座灯塔，一样令他着迷和敬仰。他在大学期间成绩很优秀，同为南大校友的安芷生等他一毕业，就让台益和去南大把他和周杰、郑洪波一起"挖"了过来。

可是，一到黄土室，他却大失所望。黄土室的情景和刘禹想象中的有天壤之别。

黄土室连一块自己的牌子都没有，一群人挤在一层楼里，不大的几间办公室都放仪器做成实验室了，办公桌挤在实验室的犄角旮旯里；西安分院正在盖车库，院子里堆满了钢筋水泥……一派拥挤嘈杂、乱糟糟的景象。

然而，黄土室的人，个个沉稳安静，泰然如铜钟巨铸，竟然能够关起门来继续做自己的科学研究，"两耳不闻窗外事，一心只读圣贤书"。刘禹简直看傻了。

对于他们的"超脱"，刘禹起初有些吃惊，继而敬佩，后来自己的心也莫名地随着他们安静了下来。

慢慢地，刘禹被彻底征服了。

安芷生第一次叫他去机场接机，是去接国家气象局的张德二教授。他当然听说过这个名字，地学界的"牛人"。更令他惊奇的是他所接的第二个客人，是中国古脊椎动物学泰斗周明镇。再后来，他又陆续接过施雅风、朱显谟、叶笃正、路甬祥、涂光炽、孙湘君、郑绍华、汪品先、赵松龄……这些人哪一个不是大名鼎鼎的科学大家？哪一个不是如雷贯耳的风云人物？

这些专家有的是专程来的，有的是路过，有的是直接和他们一起做研究。一个个的专题，一次次的演讲，一回回的报告，都无比精彩。专家们不拘泥于时间和内容，不拘泥于方式和方法，随时随处，就地取材，甚至在宾馆、实验室、会议室、大学教室、公寓、宿舍、饭厅讲授、讨论……这些讲座让刘禹他们醍醐灌顶，茅塞顿开；使他们大开眼界，兴奋不已。

刘禹已经在黄土室学习、工作了30多年，除了安芷生、周卫健，再找不出像他这样30多年扎根在黄土室一步也没有挪窝的。且不说他的贡献，单是他毫不动摇、坚定不移地坚守在这里，就是一件了不起的事。何况刘禹的事业正蓬勃发展，他从事树轮气候学、树轮同位素及全球变化研究，在国内、国际上都很有影响。他曾任亚洲树轮协会主席，2018年，他被选为国际树轮协会理事。在树轮研究领域，他已经培养了50多位硕士生和博士生。

刘禹是在安芷生的支持下从事树轮研究的。安芷生在澳大利亚期间，认识到研究短期气候变化的重要性，而树轮是一个分辨率极高的气候载体。"在吴祥定研究员支持下，通过与马尔科姆·休斯（Malcolm K. Hughes）教授合作开展秦岭树轮气候学研究的美国国家科学基金（NSF）项目，我派刘禹到美国亚利桑那大学树轮国家实验室边研究边学习了两年时间。休斯教授称赞刘禹：'在进行树轮定年研究的中国学者中，刘禹是做得最好的一个。'刘禹回国后，大刀阔斧地开展中国北方半干旱区和青藏高原的树轮气候学研究，并将他的研究扩展到整个亚洲季风区，包括中国的青藏高原、台湾岛，以及韩国和泰国。他利用我国半干旱区树轮重建了东亚季风最近400年、青藏高原最近2500年的气候变化历史。他还在《自然》杂志子刊上发表了文章，利用生长于中国台湾的一种树轮讨论ENSO（厄尔尼诺与南方涛动的合称）的变化历史，很有趣。我一直鼓励他将树轮学与大气环流相结合，他不但做到了，而且做得很好。他建立了亚洲最好的树轮实验室和最大的树轮库，已经成为我国树轮界的领军人物和国际树轮界的知名人物。最近，他首次重建了近500年黄河中游天然径流变化历史，分解了自然和人类因素的不同贡献。这一研究为黄河水资源管理提供了很有价值的数据，也为在全球变化研究中区分和量化人类作用提供了一个重要的范例。"安芷生说。

张小曳热情，豪迈，做事情灵活。当时，黄土室所有行政的、外事的，内部的、外界的，对上的、对下的，笼统的、琐碎的，高兴的、悲伤的，好事、坏事，统统都由他处理，就连吃饭点菜、定位置，大家也找他。用他的话说，"疑难杂症"全是他来摆平。他说："安先生整个把我当一傻小子来用。但是，我现在做科研、带学生、管理单位，用的全是当年安先生做研究、带我们、管理黄土室的那一个套路。'拷贝'！"听得出他言语当中全是自豪感。

张小曳刚进黄土室时，被分配到张光宇负责的地球化学研究室。安芷生看他不错，一开始就大胆地让他到北京接机——接的是做国际第四纪研究的两位科学家，一位是20世纪60年代第四纪地质学领域四大发现者之一的乔治·库克拉（George Kukla），另一位是研究过去全球变化的雷蒙德·布拉德利（Raymond S. Bradley）教授，都是十分重要的人物。

张小曳不无骄傲地说："安先生从不表扬谁，但他会说：'张小曳，快，做事做到底，门儿清。'"很快他就被提拔为主任助理，接待外宾、结账、报选题、做装修，样样都做。

后来，张小曳在代表黄土室所作的一场报告中评分排名第一，被北京的一位科学家看中后调往了北京，后担任中国气象科学研究院副院长。

安芷生说："张小曳很优秀。最初他在黄土室从事化学分析研究，后来他想到美国马萨诸塞州立大学去学氨基酸测年，我对他说：'氨基酸测年不确定性很大，还是做粉尘地球化学研究吧。'随后，派他到美国罗德岛大学工作一年，从此他跨进了国际学术界的门槛。回国后，张小曳研究了中国黄土塬区粉尘释放量和粉尘传输过程，并且与别人合作建立了我国沙尘暴的预报系统，主持了联合国开发计划署资助的西安大气颗粒物污染研究。在联合国开发计划署组织的巴黎市长大会上，他代表中国作报告，受到了与会者的热烈欢迎。后来他到中央气象局工作，专注于大气气溶胶环境效应和雾霾成因机制的研究，主持建立了一个我国雾霾数值预报系统。后来，张小曳当选为中国工程院院士。"

1987年秋天，黄土室又来了一个青年人，他是西北大学的毕业生汪洪。汪洪沉稳、细致，他除了做科研方面的工作之外，还兼任办公室主任。

汪洪学习态度认真踏实，工作负责、有条有理，是安芷生一手培养他，然后送他出国的。他之后定居国外。2018年10月，汪洪从美国回来拜望老师安芷生，安芷生再次帮助他申请合作项目，指导他做课题。所以汪洪提起安芷生和黄土室来，总是满怀感激。

汪洪说过："从来没有见过像安先生这样对科学始终怀有浓厚兴趣的人，从来没有见过像黄土室这样有着纯正的科研气氛的地方，太出色太传奇了!"

"那是一群兴趣相投的人，那是一个自由开放的环境，那是一段迷人快乐的时光。"汪洪兴奋地说道。

黄土与环境

1985年10月，国际黄土学术研讨会在西安召开。住在西安宾馆的中外科学家热情空前高涨，他们步行约5公里，来到位于小寨东路3号的中科院西安分院，参观了黄土室这个名不见经传的单位。

黄土室以"小而精"的全新方式，展示着它年轻、时尚、自由、开放的独特风貌，一下子就把人们的视线牢牢地吸引住了。

正如刘东生所说："要造就一流人才，就要和国际一流的科学家合作。"1986年，美国哥伦比亚大学拉蒙特-多尔蒂（Lamont-Doherty）地球观测站的乔治·库克拉教授、美国马萨诸塞州立大学的雷蒙德·布拉德利教授与安芷生一起申请到研究中国黄土的美国国家科学基金项目，为期3年，这也使得黄土室在建设初期，就得以与国际一流水平的科学家合作。

安芷生和他的团队以严谨、勤奋、一丝不苟、一往无前著称，以急、准、稳、实为特色，他们时刻都有紧迫感、危机感，从来不敢有丝毫的松懈。

1986年1月，在黄土室承担的国家"七五"攻关项目"黄土高原区域综合治理"中,"黄土高原全新世环境变迁"课题启动。

1986年3月,初步建成热释光测年实验室。热释光测年实验室于1985年11月开始筹建,1986年9月开始进行实验研究工作。

1986年4月,基本完成¹⁴C测年实验室各项仪器设备的安装与调试,1986年8月下旬开始进行地质考古样品的测年。

1986年4月,黄土室派出祝一志、肖举乐参加秦岭中日联合登山活动,进行第四纪冰川遗址考察;6月,又派两名研究员参加中国和美国合作进行的祁连山冰川采样科研活动,并做稳定同位素测定,以研究千年尺度的环境变化。

1986年4月,英国莱斯特大学地理系主任爱德华·德比希尔(Edward Derbyshire)教授和英国利物浦大学约翰·肖(John Shaw)博士来黄土室开展学术访问活动,建议双方合作研究青海柴达木盆地第四纪地质史,并愿意提供20万英镑作为研究经费。

1986年5月,经中科院西安分院职称改革领导小组审议通过,聘任安芷生、张光宇、周明富为黄土室的副研究员。

1986年8月,聘请天文学家吴守贤为黄土室兼职研究员。

1986年12月,刘东生、安芷生参加在中国香港召开的东亚古环境考古会议。

1986年,黄土室邀请澳大利亚国立大学放射性碳实验室约翰·海德(John Head)博士来黄土室工作两个月。

1986年,黄土室开始以刘东生的名义招收硕士研究生。

1986年,黄土室派两名同志前往联邦德国学习有关稳定同位素的测量技术。

1986年,周卫健和周明富在《科学通报》第14期上发表了对于含碳量甚微的不同有机成分,分别利用靶的制备和加速器质谱仪进行^{14}C测年的文章，这一文章也被北京加速器国际研讨会纳入会议论文集。

1986年春夏之交，安芷生邀请叶笃正院士夫妇来西安讲学一周。叶笃正是黄土室年轻科学工作者大气科学知识的启蒙老师，他举办了关于天气、气候、大气环流等基础知识的系列讲座，使大家受益匪浅。

1987年9月，安芷生在参加第二十二届国际科学联合会北京年会，并作了中国代表团唯一的学术报告《最近2万年中国古环境变迁》，受到与会者称赞。当时的主持者是叶笃正院士，而刘东生院士协助放幻灯片。

……

这只是他们简明而粗略的日程记录，而这个中科院最年轻的研究室所做的工作远远不止这些。

跟着安芷生去野外，是年轻人最期盼的事情。周卫健、张小曳、肖举乐、刘禹、孙东怀、鹿化煜……哪一个不是安芷生手把手教出来的？就连中科院地质与地球物理所的郭正堂，南京大学的陈骏、季峻峰，还有刘连文等，都在洛川的黑木沟、甘肃的董志塬由安芷生传授过本领，听安芷生讲过"黄土剖面和黄土-古土壤序列"。不管是南京的、北京的还是广州的，哪一个单位里做第四纪地质研究的人员没有用过黄土室无偿提供的样品，没有聆听过安芷生的讲座？

经安芷生帮助过的外单位的人才太多了，例如，丁仲礼和朱照宇就是其中的两位。

1982年，丁仲礼从浙江大学地质系毕业后做了刘东生院士的研究生，他说："我主要研究第四纪时期也就是260万年以来的气候演化时间序列，这个课题持续了约10年，较晚的一篇文章于2002年刊发在美国的《古海洋学》（*Paleoceanography*）杂志上。"

1986年，当丁仲礼第一次走进日后他再也割舍不开的黄土高原时，是安芷生与他一起认识黄土剖面、熟知黄土秉性的。随后，他在宝鸡、西安等地做完剖面采样后回到黄土室做实验。他一次又一次爬上黄土高坡，一遍又一遍采集样品和分析数据……尤其是他对第四纪黄土和第三纪红黏土沉积开展了地层年代学、沉积学和地球化学分析研究，取得了骄人的成绩。他曾经在黄土室写关于宝鸡黄土剖面的博士论文，一写就是几个月。文章将宝鸡黄土剖面与深海氧同位素记录做了对比，指出全球冰量变化对黄土堆积的重要性。这是一篇成功之作，也是他的第一篇论文，在业内的影响很大。安芷生在黄土室全室大会上特地表扬了他，让大家好好向他学习。

多年后，已经成为中科院院士并任中科院副院长的丁仲礼到西安视察工作，全所职工坐满了会议室，刘禹主持会议。当他说"热烈欢迎丁副院长来地球环境所视察工作"时，大家都会心地笑了。

刘禹说："其实，丁副院长来地球环境所，就是回家探亲。因为他过去一直是我们地球环境所的人……"

坐在前排的丁仲礼高兴地点点头。

会上，丁仲礼说："的确，我对地球环境所有很深的感情。就像刘禹刚才所说的，每次来这儿就像回家。我过去读博士学位的时候，粒度实验全都是在黄土室完成的。刘东生先生是我的导师，安老师是我半个老师，我和他经常讨论科学问题，也常争论。"

丁仲礼还说："黄土室早年创业的时候条件很差，很艰苦。北京地质所第四纪室也是一样，条件很差。这两个实验室的主任当时都是刘东生先生。我常说，西安黄土室和北京地质所第四纪室是一根藤上的两个苦瓜，但是，现在都发展起来了。尤其是地球环境所，在安老师的带领下，不仅发展壮大，而且还取得了那么多好成绩。"

广州地化所的朱照宇是一位潜心做学问的人。他始终记得自己第一笔额度为8000元的研究经费就是安芷生给他的，后来安芷生也经常给他经费，8000元、10000元不等，有时更多。但凡有合作项目，安芷生就会想到他。他在蓝田进行古人类研究时，安芷生将蓝田猿人剖面所有的原始资料都给了他。地球环境所强小科也协助他测试蓝田黄土剖面的磁性地层年代，以至于2018年他在《自然》杂志上发表有关中国古人类出现在220万年前的文章时，毫不犹豫地将地球环境所放在第二单位的位置。

在国内，安芷生以黄土室的名义正式邀请国内顶尖的科学家，包括国家地震局地质研究所卢演俦教授、中国地质科学院地质力学研究所吴锡浩教授、中科院兰州沙漠研究所（以下简称兰州沙漠所）董光荣教授、中科院南京地理与湖泊研究所（以下简称南京湖泊所）王苏民教授、国家气象局张德二教授、中科院水利部成都山地灾害与环境研究所（以下简称成都山地所）张信宝教授担任客座教授。他们都是国内的顶尖教授。他们给黄土室带来了多年研究的经验结晶，带来了丰富的信息和知识，天文的、气象的、沙漠的、湖泊的、环境的……黄土室的成员们从他们身上吸收养分，壮大自己。他们对黄土室的贡献是巨大的。

《黄土与环境》是刘东生等人撰写的一本专著，也是贵阳地化所、北京地质所和黄土室科研合作的最好结晶，获得了中科院自然科学奖一等奖、国家自然科学奖二等奖，被公认为黄土研究的经典著作。刘东生统帅，安芷生统稿并撰写了每一章的前言部分和书中的关键章节，北京地质所的韩家懋做了大量的编辑工作，卢演俦、陈明扬和吴子荣等也写了很多章节，黄土室的祝一志、孙福庆、张光宇等许多同志都参与了该书的编写。

那是安芷生从澳大利亚回国后的第二年，1983年。

"安芷生，你还是到我这里来吧，到我这里干，你会有很大的潜力和动力去攀登更高的高峰！"兰州冰川所所长施雅风在一次晚宴上诚心邀请安芷生。

此时，安芷生正在陪同刘东生和自己在澳大利亚时的老师詹姆斯·鲍勒（James Bowler）教授一起考察兰州、青海等地。

刘东生插话说："安芷生另有安排。"

……

那个"安排"，便是安排安芷生负责后来由科学出版社出版、署名刘东生等著的《黄土与环境》一书的组织编写工作。再后来，这本书被翻译成英文后在英国再版。

安芷生清楚地记得："1983年夏天，詹姆斯·鲍勒教授访问青海，刘先生找我谈话，要我协助他组织编写一本书。他说：'这不仅是总结中国黄土研究的好机会，而且是将中国黄土研究推向世界的必然之路。'"

安芷生自1982年从澳大利亚回来后，将中国第四纪和黄土研究的文献通读了一遍。在刘东生提出希望由他组织编写这本书时，他满怀信心地答应了下来。后来，由贵阳地化所出资，北京和西安做黄土研究的人聚集在北京的友谊宾馆写作，安芷生在那里待了半年，其间也很少回贵阳。他碰到的第一个问题就是这本书的书名该叫什么。

深夜的北京，友谊宾馆一间客房内，安芷生苦苦思索着，蓦然，他高兴地喊了一嗓子："有了！'黄土与环境'！"

对，就是它。一定是它！

"这本书应该是这样的：'黄土与环境'不仅讲到黄土的成因，也把黄土与气候环境的变化，黄土的工程地质性质，黄土与大骨节病、克山病的关系，以及黄土的地层、'风成学说'动力学研究等，都纳入'黄土与环境'研究的范畴，都阐释清楚。而且，'黄土与环境'还把黄土-古土壤序列与深海沉积的气候记录，做一个正确对比……'黄土与环境'标志着黄土研究已跨越到黄土与环境和黄土与全球变化相互关系研究的历史新阶段。'黄土与环境'……"安芷生越想越觉得这个名字准确而有深意。

安芷生按捺不住兴奋，第一时间把这个想法告诉了刘东生。当他说出"黄土与环境"这5个字的书名时，刘东生十分满意，连连叫好。

那一刻，刘东生的脑子里跳出四个大字："后生可畏！"

确定了《黄土与环境》的书名，也就抓住了纲领，纲举目张。

可是，又一个核心的问题却怎么也解决不了，那便是本书中最为重要的一节——对比中国的黄土-古土壤序列与全球深海沉积气候记录。可那个关键"层数"怎么也对不上啊！大家心里都明白是怎么回事，但数据就是对不上，也证明不了。

在对比中，大家发现黄土地层的B/M界限（78万年界限）找到了，但上面该怎么对比却搞不定，因为上面只有8层古土壤，下边的旋回便不清楚了。

又是安芷生，苦思冥想了几个昼夜，反复思考，来回琢磨。突然，他灵光一闪：中间有第五层复合古土壤，在第五层古土壤里有三小层古土壤，两层黄土夹在中间，每小层古土壤和黄土反映的气候变化强度有所不同，所以才跟深海沉积旋回对不上，始终解不开这个疙瘩；现在把S$_5$（黄土剖面由上到下第五层古土壤）这一复合古土壤层打开，变成一个半旋回，跟深海沉积的一个半旋回（深海氧同位素阶段13、14和15）对比，如能对上，问题就解决了。结果对上了，完全耦合，天衣无缝！

安芷生万分高兴。

1990年底，在评选中科院学部委员（院士）时，刘东生高度肯定了安芷生的工作，同意安芷生入选。刘东生说："《黄土与环境》实际上是安芷生写的。"

安芷生很感动，后来，他常笑着说："刘先生虽言过其实，但说明先生的胸怀和对后辈的关爱。"殊不知，几十年过去了，他们师生志同道合，始终是你中有我，我中有你，相互成就。

刘东生的可贵之处，就在他非常全面地培养了安芷生，什么实验都让他从头做起，什么文献都让他从最早的查起，什么学科都鼓励他涉足。"现在看来，这对我的人生发展非常关键。刘先生很严格。"安芷生说。

而安芷生的可贵之处就在于，他从来不是模仿别人，而是在自己扎实的专业基础上，通过反复的实践，依靠自己的经验，从自己和国家的实际情况出发，吸纳国际最前沿的信息，提出学术上的新见解、新思想。即使在不同意见面前，在反对者面前，他都能够正确地做出判断，坚持真理！

安芷生也是这样带领着黄土室，一步一个脚印向前行进，以积极的心态、开放的胸怀，迎接考验，追求真理。

第二章　　向科学进军

Chapter Two

布　阵

经过两年多的建设，黄土室逐步走向规范化，老同志们的工作更加稳定有序，年轻人经过锻炼也成熟了。接下来，安芷生想得最多的就是"定位"的问题，是如何发展的问题。

发展是硬道理。可发展是要有目标的，确立了目标才能设定好方向。一个国家要有定国安邦的国策，一个单位得有笃定前行的目标。那么，一个人呢？一个人必须选好自己的研究领域，明确自己的科研方向，才能够扎得住根、长成大树，才能开枝生叶、枝繁叶茂。

森林是由一棵棵树木汇聚而成的，同样，一个有生命力的团队只有在集合了一个个优秀的人才时才能不断发展壮大。

安芷生常说："人才是第一位的，提高年轻人的科学素质是最重要的，你们得有自己的看家本领，手中握有金刚钻，才敢揽那瓷器活！"

如果说为了黄土室，安芷生可以赴汤蹈火，在所不惜；那么为了人才，安芷生可以倾其所能，倾尽全力。

比如，为了给刘禹选定树轮这个科研方向，他的确是费了一番周折的。除了让刘禹在黄土室读文献、钻研业务之外，安芷生还把他送到了北京地理所学习、做实验；北京地理所还不够，又把他送到中科院林业土壤研究所（以下简称沈阳林土所）；国内水平不够，再次将他送出去，送到美国亚利桑那大学，在全世界顶尖的树轮实验室学习，而且一去就是两年，让他学扎实。

再比如周杰。周杰是1986年第二批来黄土室的大学生，甘肃武威人，长得周正、标致，就是爱思量事情，性子慢些。安芷生见周杰对野外地质不热衷，就让他从事科研管理。事实证明，让周杰做行政工作恰恰是适合他的，周杰写得一手好文章，人又缜密、细致，钢笔小楷写得娟秀漂亮。

安芷生说："周杰曾任黄土与第四纪地质开放实验室、黄土与第四纪地质国家重点实验室秘书和副主任等职。年报、总结、评审材料，他总是起草者，初期都要经吴锡浩等人修改，后来他日渐成熟，自己就能独当一面，为黄土与第四纪地质国家重点实验室的建设和评审作出了重要贡献。在规划和建设地球环境所的过程中，周杰也做了大量工作，为所里排忧解难，化解了许多矛盾。事实证明，他是一个适宜做科研管理的年轻人。"

总之，对于这些年轻人，安芷生常常从自己的经验和教训出发，来体味、衡量他们，取其长补其短，使他们更快地成长，少走弯路。

深思熟虑，周密策划，未雨绸缪……这些词汇用在这个时期的安芷生身上，一点不为过。他爱黄土室里的同志们，他要对他们负责，他就格外感到了自己对于他们的重要性。他几乎是一厢情愿似地包揽了一切。安芷生像一个旗手、一个总指挥，更像是一个运筹帷幄的高手。

他为每一个年轻人规划了研究方向——

周卫健：^{14}C和气候变化。

周杰：科研管理。

张小曳：大气粉尘。

孙东怀和郑洪波：黄土古地磁。

肖举乐：黄土。

刘禹：树轮。

汪洪：哺乳动物化石和考古。

……

事实证明，这些人几乎个个都是"高手"。周杰成了中科院西安分院党组书记；汪洪去了美国，成为伊利诺伊大学的高级研究员；其他人都成了"国家杰青"，其中周卫健更是当选为中科院院士。

"国家杰青"可是我国青年科研人员的最高荣誉。他将周卫健、张小曳、肖举乐、孙东怀、鹿化煜、刘禹、刘晓东、曹军骥、孙有斌、韩永明等人培养成"国家杰青"，同时对郑洪波、金章东、王格慧、方小敏、沈吉、车慧正等人被评为"国家杰青"也有所贡献。

大家既惊异于他的缜密、准确、敏感、犀利，更惊异于他因地制宜、因材施教、因人而异地培养和造就人才的本领。

他怎么就能如此周密地布阵，把这些个"无名小卒"恰如其分地分布在一张棋盘上，然后，待时机成熟，让他们展翅高飞的呢？他播撒着科学的种子，等待着他们茁壮成长，长成参天大树，最终汇成森林；等待着他们像新一轮的朝阳，从世界的东方，从东方的天际间喷薄而出！

向科学进军

安芷生的办公桌上放着一份《中国科学院出国访问报告》。他知道张光宇是个细致的人，报告写得很详细。项目名称：黄土新建筑材料。时间：14个月。地点：比利时布鲁塞尔自由大学地球技术研究所。邀请单位：比利时国家科研基金会和比利时布鲁塞尔自由大学地球技术研究所。内容：（1）研究题目——从中国和比利时黄土中低温制作黄土建筑材料的研究；（2）研究内容——本文采集了三份中国黄土和一份比利时黄土作为研究和制作简易新型建筑材料的对象，我们已对黄土的力学，包括抗压强度、水吸收、膨胀、孔隙率、比强度、浸泡水的pH值、熟化时间和温度、制模压力、黄土的粒度和比重、应力应变行为、液限、可塑性指数、容量、添加剂用量、化学分析、X射线衍射分析以及可能的机制，进行了深入的探讨，最终的目的是寻找一种经济、耐用、低能耗的建筑材料，容易生产出适合于当地黄土地区的低温黄土砖……

"嘀铃铃——"安芷生拿起电话，汪洪报告说他已经到了美国，请安芷生放心。

孙东怀、郑洪波去了英国的利物浦大学，刘禹去了美国的亚利桑那州立大学，周卫健、周明富去了澳大利亚国立大学的放射性碳实验室，周杰去了澳大利亚伍伦贡大学……不过，张小曳的事情让他颇费了一些心思。

张小曳能力强，主意也很大，让他去美国学蜗牛研究，他不去；到比利时做花粉研究，他也不感兴趣；去德国吧，他认为学了德语会影响英语的应用，以后更难做研究……想来想去，安芷生最后提出让他去美国的罗德岛大学，因为该校的罗伯特·杜斯（Robert Duce）教授和理查德·有本（Richard Arimoto）教授是著名的粉尘、气溶胶专家。

安芷生又想起了刘东生的那句话："与一流的科学家合作，才能创造一流的成绩。"

"这句话让我终身受益。"安芷生说。

1981年，安芷生第一次出国。

在这之前，他也有很多次出国的机会，苏联、罗马尼亚、荷兰……常常是名单上有他，但出行的人群里却没有了他，原因很简单：他还年轻。可他并没有介意。然而，渴望走出去，看看世界是什么样子，一直以来都是安芷生迫切向往的。

现在真正的机会来了，有一个派往澳大利亚进行"盐湖与风成堆积"合作研究工作的名额。北京没有人做，贵阳地化所也就只有安芷生一个人做过盐湖研究，天赐良机！

去澳大利亚之前，安芷生再一次系统地补习了英语，他报了英语学习班，学到一半的时候就出发了。

经过十几个小时的飞行，安芷生到了悉尼，然后转机，来到了位于堪培拉的澳大利亚国立大学。

在那里，安芷生如饥似渴地学习，像海绵一样，充分吸收新的知识、学问、技术、思想、观念，学到手，带回国。

他热爱自己的国家，也爱上了澳大利亚这片土地。他每天冒着45℃的高温，驱赶着成群的苍蝇，在澳大利亚的荒原上转来转去，看来看去，观摩、勘探、考察、研究。

一天，有一个美国人，在澳大利亚的荒原上与安芷生相遇了。这个美国人也是一位科学家，他的名字叫尼尔·奥普戴克（Neil Opdyke），是一位成就非凡的教授。他与尼古拉斯·沙克尔顿（Nicholas Shackleton）在年轻时就完成了第四纪最著名的可与冰量变化对比的 $\delta^{18}O$ 曲线的研究。他也是来这里采样做古地磁实验的。后来，他工作没有做完就离开了。安芷生重新采样，重新做实验，当他发现奥普戴克教授关于澳大利亚西部湖泊的磁性地层研究结果不正确时，就大胆地进行了纠正。

而这一纠正，解决了多年来悬而未决的这一地区地层年代混乱问题！

于是，奥普戴克教授和澳大利亚国立大学的詹姆斯·鲍勒教授，和当时还是助理研究员的安芷生合作，在《古地理·古气候·古生态》（*Palaeogeography, Palaeoclimatology, Palaeoecology*）杂志上发表了记录这一成果的文章。

这篇文章使安芷生的名字第一次出现在世界性著名刊物上，还占据着第一作者的位置。

安芷生从此走向了世界。

安芷生非常高兴，第一时间给好朋友卢演俦写去一封信，"一定要出来看看！"安芷生写道。

提起与安芷生的关系，卢演侔是这样说的："我与安芷生是好朋友，我与黄土室渊源很深。"

1962年，安芷生在北京地质所攻读研究生时，卢演侔自愿和安芷生结成"一帮一""一对红"的对子。

卢演侔说，他看中安芷生身上很多优点，比如勤奋、聪明、好学习、爱思考、不同流合污、洁身自好等。卢演侔个性鲜明，是个仗义、潇洒之人，他身上有一股肝胆相照的气概，很令安芷生敬佩。安芷生认为"最要紧的是他秉性善良，学问好，少是非，走得端，行得正"。

1966年，全国的形势发生了新的变化，中科院的科研队伍要分散到一些三线城市去。在这次重组中，卢演侔和安芷生一起跟着刘东生被分到了贵阳地化所。在贵阳地化所期间，他们互相鼓励，精诚合作，一起撰写文章。

那时候，全国上下都在开展"农业学大寨"运动。中科院的大批科学家、知识分子都到大寨搞研发试验，卢演侔和安芷生也去了。

大寨梯田是典型的黄土剖面，那里的地质结构很典型，黄土中富含有机物质。安芷生和卢演侔利用这次机会好好地学习了黄土、古土壤的知识，他们一起研究黄土剖面，分析古地质、地层学，从技术方法到思想认识都有了不小的提高。

1972年，地质部在庐山召开了一次会议，这是新中国成立以来地学界召开的规模很大、很重要的一次会议。在这次大会上，安芷生代表贵阳地化所、代表好朋友卢演侔作了题为《中国黄土-古土壤序列记录的气候变化旋回》的报告，反响极其强烈。那个报告就是对他们书写的4万字的书稿中观点的高度概括。

"安芷生是个对科学非常敏感的人,"卢演俦不止一次地这样评价他的好朋友,"到了20世纪80年代,安芷生敏锐地感知到全球变化将是最前沿的科学,古气候研究是一个很好的方向。"

"黄土室成立伊始,安芷生就让我来西安,"卢演俦遗憾的是当时自己不在国内,"等到1985年6月一回国,我马上到了西安。那时,黄土室成立刚刚一两个月,安芷生让我和张光宇负责建设实验室。"

"卢演俦和张光宇他们画了很多草图,进行着筹划。卢演俦设计和建设了当时国内先进的热释光实验室,还培养了张景昭以及后来考进地球环境所的王旭龙等人。"安芷生说。

安芷生认为:"澳大利亚是最早与我们合作的国家,1975年澳大利亚代表团访问中国,我们因此结交了唐纳德·沃克(Donald Walker)和詹姆斯·鲍勒教授。随后,刘东生先生去澳大利亚,并与澳方同行商讨共同合作项目。正是通过这个项目,中科院和澳大利亚国立大学建立了密切关系,我们同为第四纪研究的同行和朋友。尽管这次合作在1988年左右就结束了,但是中澳同行的友谊常在,后来中澳之间的合作还扩展到澳大利亚的其他大学和研究所。"

澳大利亚夏天的夜晚是炎热的,可安芷生的心是平静的。他想到了刘东生,也想到了涂光炽。这两位是他在国内有过密切接触的科学家,也是对他有直接影响的科学家。刘东生对科学方向的认知、对新信息和新技术的敏感、自己动手做实验和鉴定的求实作风,涂光炽冷静、逻辑性强、思维清晰的特点,都对他影响很大。

安芷生回顾自己走过的科研道路,觉得有这么几点是值得庆幸的:一上路,首先碰到了刘东生和地质学领域的老专家们,受教于这些中国顶尖的科学家,拔高了自己的起点;到了贵阳,遇到了涂光炽这样的领导，使自己对科学保持着冷静而理性的态度；到了澳大利亚，又在很好的环境下学习和工作。由此可见，从事科学研究，环境是极其重要的！

和澳大利亚国立大学鲍勒教授合作取得了丰富的经验后，安芷生更积极努力地投入到建立中国第四纪科学与世界的联系工作中。1987—1988年，安芷生又到美国哥伦比亚大学拉蒙特-多尔蒂地球观测站这一"板块学说"的诞生地进行合作研究。

安芷生及时把握国际第四纪地质研究的最新动态，满怀激情地为推动第四纪科学发展而努力。他以开阔的视野、敏锐的目光，以认真严谨、执着追求的精神，以热情开放的姿态，结合黄土室的实际情况，带领大家及时开展前沿性的科研工作。为了让黄土室的科研人员不断拓展新的研究方向，他将黄土室的年轻人推荐到多个国家的大学、研究室，让他们在那里深造，与一流的科学家合作，探索世界第四纪科学研究的前沿问题。

开　放

　　1987年3月，黄土室派周卫健去澳大利亚，与澳大利亚国立大学同行合作，从事"中国黄土高原^{14}C年代学"研究。

　　1987年8月，刘东生参加在英国召开的国际地貌学术会议。

　　1987年9月，卢演俦参加在英国剑桥召开的热释光学术会议。

　　1987年10月，安芷生参加在美国召开的美国地质年会，并作了专题报告《黄土磁化率与中国更新世》。

　　……

　　一时间，黄土室的名字响彻国际地学前沿。

　　1987年初，黄土室研究人员在国内首次与威廉·麦科伊（William D. McCoy）合作，撰写《氨基酸外消旋反应在古环境研究中的应用》《中国北方黄土氨基酸地层学及古温度讨论》两篇文章；1988年，他们又参加了第十届美国第四纪学术讨论会，获得与会者的好评；同时，他们与比利时科学家共同申请的比利时国家科研基金项目——黄土新建筑材料应用研究，也有了新进展。黄土室在一步步地走向科学研究的前沿领地。

此时，在比利时布鲁塞尔自由大学材料工程系进行合作研究的张光宇又传来了最新进展消息："由于在国外的工作和研究经费受限制，目前使用的添加剂并不是最理想的，将来可考虑进一步研制更为方便的添加剂。在机制上的研究有必要进一步探索，建议有可能的话，把黄土制成低温陶砖，即低温熟化成型，达到高温陶瓷同等的质量……"

安芷生看着眼前这份来自张光宇的报告，在报告的呈报单位负责人处签上自己的名字，并批注："室里认为，张光宇同志此次比利时之行是成功的。我们将继续抓紧落实下一步工作。"

来自比利时的消息频频传来，中比合作造出了既环保又节能的建筑用砖，取得了可喜的成果。应比利时政府邀请，该成果于1992年11月被选送参加了比利时王国在陕西历史博物馆举行的"比利时生活风情"展览会。

黄土室的成绩不是一两个人取得的，而是大家共同努力的结果。黄土室所取得的科研成果，在中国地学界和国际科学学术论坛的影响越来越大。

由于已经建立了良好的平台，有了开放、自由、向上的环境，黄土室的研究人员凭着卓越的智慧和才能，凭着滴水穿石般的毅力，凭着开放的心态和合作共赢的思路，取得了长足的发展。

由刘东生参与写作的《青藏高原隆起及其对自然环境与人类活动影响的综合研究》获得了国家自然科学奖一等奖以及中科院自然科学奖一等奖。

安芷生等与美国马萨诸塞州立大学布拉德利教授、麦科伊博士以及哥伦比亚大学库克拉教授等共同申请的美国国家科学基金合作研究项目"240万年以来北半球黄土的古气候记录"获批准……

黄土室获得第四纪地质专业硕士学位授予权。

黄土室又派三名同志到美国、加拿大和英国攻读学位和进修。

黄土室副研究员谭桂生、刘荣谟，客座研究员梁国照提出的"温室核聚变理论"，刊登在《人民日报》《经济参考消息》上。

1987—1996年，刘东生、安芷生和吴锡浩分别主编了科学出版社出版的《黄土·第四纪地质·全球变化》第一集至第四集，共计85篇文章。这一文集是我国最早开展全球变化研究的论文集，在业内颇有影响。第二集首篇《最近2万年中国古环境变迁》系统集成了各方面资料，提出了环境变迁"季风控制论"的初步思路，甚至对不同时间尺度中国气候的变化趋势做了大胆的预测。刘东生在他亲笔签名的第一集序言中这样说：

"这本文集中关于中国黄土和其他第四纪地质研究的论文，以及探讨当代人们普遍关心的'全球变化'问题的文章，可以说是近几年来，本室的同事们，参与工作的国内外和室内外的同行们，踏踏实实工作，在开放研究室的形式上进行的一个集体的创作，反映了黄土与第四纪地质研究的新成果。这些成果大多数是经过辛苦的劳动和反复的思考取得的。事实说明，只有具备奉献的精神和老实的态度，才能创造出有价值的作品，像黄土中的石英颗粒一样坚实可靠。

"这本文集是研究室成果的第一集，是它的研究历史的第一章。在此，我祝愿它成为研究室积极进取、勤奋奉献精神的一个开端，并从这个良好的开端走上自然科学历史进程的大路。"

这是开放的春天、灿烂的春天、科学的春天，这是黄土室百花齐放的春天。黄土室的研究人员与国内外具有丰富经验的高水平科研机构与科学家合作，使得自己的科研水平在高起点、高标准的基础上向前发展，并取得了一个又一个重要的成就。

黄土室于1987年被中科院正式批准成立中科院黄土与第四纪地质开放实验室，实现了黄土室自贵阳搬迁至西安后的第一次跨越。

1987年，在国家改革开放的大环境下，中科院适时地推行了"开放、流动、联合"的六字发展方针。

安芷生和周卫健在北京再次见到了中科院计划局局长张云岗。张云岗应该算得上是黄土室的"贵人"，他很关心黄土室的发展，并且多次为黄土室的发展提供帮助，更重要的是，这次他为黄土室的发展提供了一个建立开放实验室的新思路。

新思路的提出正是国际科学联合会组织实施以全球变化研究为中心的国际地圈-生物圈计划（International Geosphere-Biosphere Programme，简称IGBP）的当口上，也是第四纪学科逐步受到各国普遍重视的时候。黄土室作为研究第四纪的一个年轻机构，如何发展才能跻身于国际舞台？"开放、流动、联合"是对他们的一次考验，也是千载难逢的一次机遇。安芷生感到了时机的可贵，也感到了责任的重大，他也想借此机会，让黄土室自己对自己进行一次回顾、一次对照、一次考评、一场检阅。

安芷生要求大家必须保持冷静，要深入彻底地、全身心地投入到此项工作中。首先，他们对自己过去的工作做了一次梳理和检查。

我们不妨从他们的第一本报告说起——

为了参加开放实验室的评审，黄土室起草了一份报告，报告中用一组数据总结了黄土室近几年所取得的成绩：

从1985年起的3年时间里，黄土室一共获得了27项国际合作项目，其中7项属于院级项目；获得过9项国家自然科学基金项目，2项国家攻关项目；发表论文100余篇，其中在国际刊物上发表论文10余篇。同时，黄土室与美、英、法、联邦德国、苏联、日本、澳大利亚等14个国家的第四纪著名科学家建立了学术交流和合作关系。

他们认为，之所以能够在很短的时间里取得这些成绩，主要有以下原因：

第一，在突出研究特色的基础上，发掘黄土研究中新的增长点。今天中国的黄土和黄土研究一直在国际上处于颇有影响的地位，可是过去的研究还没能与全球变化这一研究课题密切结合起来。从中科院组织的"全球变化预研究"起，黄土室开始负责有关全球变化中的地质过程的研究。当时，世界各国，尤其是欧美发达国家纷纷利用高端技术的优势，把研究范围迅速从大洋发展到大陆乃至全球，并融合黄土堆积、粉尘动力学的研究。这些前沿的研究内容，首先吸引的是技术发达的美国、联邦德国、澳大利亚、英国、法国等国的科学家，他们之间很快达成合作，一下子拓宽了研究领域，研究的范围也随之扩大。尽管有很多科学家愿意与黄土室合作，但是兴趣点却都在我国的黄土上。尽管黄土室有许多新颖的学术思想，可测量技术和方法还是不能与发达国家相比。因此，要从与黄土室主攻方向紧密结合的学科前沿研究着手，积极开展国际合作。例如，与美国合作开展"中国黄土的侵蚀与堆积所反映的气候动力学研究""中国与美国西部全新世沉积物的对比研究"，与法国合作开展"黄土-古土壤序列中蜗牛化石生态环境研究"。

第二，在提高已有实验技术的基础上，开发新技术以及开展专题研究项目。比如与澳大利亚国立大学合作开展的"小样品^{14}C测年装置研究",与英国牛津大学合作开展的"黄土激光热释光测年研究",与英国利物浦大学合作开展的"黄土环境磁学研究",以及与美国合作开展的"树轮同位素研究"等。这些项目都是为了满足黄土室主攻目标的需要,争取在方法上不断地改进和创新,逐步提高测试精度和分辨率。另外,尽可能与苏联和东欧国家建立友好的合作关系,为的是能够收集和掌握北半球的黄土资料和信息,并学习这些国家的科学家研究黄土地区农业的先进经验。比如,与匈牙利合作开展"中国与匈牙利黄土及农业可利用性的对比研究",与苏联合作开展"中国与苏联中亚黄土对比研究"等。

他们全面、详细分析了自己进入开放实验室的条件和优势,有理有据地陈述着自己所走过的道路。

其实,在20世纪80年代中下叶,世界上就有许多国家已经进入地质历史气候的超大型计算机定量分析和数值模拟阶段。那么,面对这样的趋势,黄土室究竟选择何种目标,才能在全球变化研究中作出自己的贡献?中国独特的环境系统,为他们提供了一条独特的研究思路。他们认为,全球变化研究应结合中国黄土的特色,应在地质记录中寻找替代性气候指标,以建立一个定量的古气候变化模式。刘东生和安芷生多年的工作已经表明,黄土是全球气候变化不可多得的陆相沉积记录,这就为他们提供了非常有利的条件,他们只有牢牢地抓住这一主题,突出自己的研究特色,从黄土中寻找和提取全球变化的信息,建立全球变化模式,才可能对国际全球变化研究作出应有的贡献,才可能对中国国民经济建设有某种决策意义。

因此,首先,在中科院"开放、流动、联合"方针的指导下,黄土室发展了三个研究群体:一是自己的固定科研人员;二是全国重量级的客座科学家群体,他们不定期地来参与合作;三是国际科学家群体，也以客座教授的方式参与合作研究。

其次，在发挥不同学科科学家群体优势的同时，充分显示学科交叉研究的整体水平。全球变化研究本身就是一项涉及学科多、范围广、难度大的研究计划，需要借助地质、地理、天文、气候、生物等许多领域科学家的力量。他们清楚地意识到，过去的研究在很大程度上只依赖于单一学科科学家的创造性思维，在课题审批过程中把大量的经费划拨给了许多分散的小课题，这样尽管发表的文章很多，但是很难形成系统的理论。因此，为了在很短的时间内先把我国的古环境研究提高到一定的水平，从1985年开始，黄土室组织第四纪地质、冰川学、植物学、沙漠学、气候学等领域的近10位中年科学家，开展了对"最近2万年中国古环境变迁"项目的研究，通过对我国最近2万年特征地区黄土、古植被、古气候、海面变化、冰川进退等资料的详细分析和可靠的年代测定，重建了最近2万年我国自然环境的变化过程和特点，编制了几个特征阶段和环境图，从而提出了我国当今气候在不同时间尺度气候变迁序列上的位置，为黄土室古环境研究从长时间尺度走向短时间尺度研究奠定了基础，为全球气候的模拟和未来气候的预测提供了有价值的资料。

这一研究成果受到了叶笃正、刘东生的高度重视。应国际科学联合会秘书长的特邀，安芷生在第二十二届国际科学联合会北京年会上作了相关报告，得到国际科学联合会和美国全球变化委员会主席的高度评价，也吸引了世界各地的学者到黄土室交流合作。英国利物浦大学约翰·肖教授来访，并与黄土室在英国申请了基金，合作研究渭南的第四纪湖相沉积；著名第四纪地质学家、美国华盛顿大学第四纪研究中心主任、著名国际刊物《第四纪研究》主编史蒂文·波特教授来访，并与安芷生共同申请美国国家科学基金……

　　黄土室的研究人员如饥似渴地学习，武装自己；坚持不懈地努力，提高自己；以真挚、开放的姿态迎接挑战，为推动黄土室的发展做着积极而充分的准备。

俏也不争春

长期以来，安芷生以黄土及有关第四纪沉积物为主要研究对象，深入而系统地研究了中国黄土的堆积、演化及其与古气候、古环境的关系。

他将磁性地层学方法引入中国第四纪研究，确定了著名的蓝田猿人年龄——距今约115万年，并在环太平洋考古会议上报告了这一成果。这一研究成果也统治了学界25年，直到2018年朱照宇团队的新发现的问世。

20世纪70年代，卢演侪教授与安芷生一起，提出了黄土-古土壤序列的概念；80年代，安芷生提出了中国黄土堆积的演化和年龄计算的模式，为研究黄土形成的全过程和这一地带环境变化提供了线索和途径；安芷生作为主要助手，协助刘东生撰写的《黄土与环境》获国家自然科学二等奖，被公认为黄土研究的经典著作；安芷生与朋友吴锡浩、汪品先、王苏民、卢演侪、董光荣和张德二等从气候动力学角度，首次系统地提出控制我国中东部环境变迁的"季风控制论"，找到了中国与全球环境变化联系的纽带。

1990年，安芷生、肖举乐合作的《黄土高原风尘沉积通量研究的一个实例》一文在《科学通报》上发表了。

这是一篇难得的好文章，开篇就写道——

"风是地球系统中大气子系统的一个基本因子，是地球系统质量和能量的全球性传输营力之一，新生代深海沉积物中风尘组分的粒度和通量记录了过去输送粉尘的大气环流的强度和风尘源区的干燥度。黄土高原风成黄土的形成亦即粉尘的产生、搬运、沉积和后生变化的过程，完整地记录了较大空间尺度的风场的强度和气候状况。黄土这一风成粉尘的粒度分布指示了搬运粉尘的风场的强度，某地点黄土的堆积即每千年每平方厘米的黄土堆积量可近似地视为风成粉尘的堆积通量，从而反映了该地点的风尘通量，它既指示了风场的强度，也指示了风尘源区决定粉尘产率的干燥度以及尘暴和降尘事件的频次，因此，根据黄土的粒度分布和风尘通量，可定性半定量地重建黄土形成时风场强度及源区和沉积区的平均气温状况。本文将在黄土堆积量和堆积速率研究的基础上，以洛川黄土坡面中S_1（黄土剖面由上到下第一层古土壤）、L_1（黄土剖面由上到下第一层黄土）和S_0（黄土剖面上部全新世土壤）段落为实例，根据其粒度分布和风尘通量，试图重建最近13万年的风场强度及风尘通量的代用变化序列，并与黄土的$CaCO_3$含量和磁化率等代用指标对比，复原最近13万年风场变迁史和古气候史……"

如今已经是中科院地质与地球物理研究所新生代地质与环境研究室主任的肖举乐，在一次国际会议上作报告，第一句话便是："30多年前，在黄土室，是安芷生先生教会了我科学的思维和研究科学的方法。"肖举乐常给他的学生们讲："科学归科学，科学涉及想象，科学需要数据，以数据为基础。数据怎么来的？数据是实验得来的，所以每一个人都必须有一项做实验的本领。"

在黄土室很多人都出国学习的时候，孙福庆正在黄土高原出野外。

孙福庆是贵阳来的"七八杆枪"中的一杆，元老级的人物，东北汉子，脾气耿直。有一年，黄土室和美国极地研究所以及兰州冰川所共同合作一个项目，需要他到兰州、腾格里、祁连山地区出野外，最后到达青海大坂山。中美双方共10多名成员组成一支队伍，一个多月工作、生活、睡觉、做饭，全部是在冰雪上。冰上的帐篷是他们的家，出了帐篷就是工地，每天吃罐头和压缩食品，若有瓶泡辣椒，就算是很好地改善生活了。他们一个多月没有洗过脸、刷过牙，却打了两个钻。谢自楚、秦大河都是当时科学界的大人物、"牛人"，也和他们一样在冰雪高原上战天斗地。秦大河后来被任命为中科院资源环境科学与技术局（以下简称中科院资环局）局长和国家气象局局长，他大力支持地球环境所主持的大陆科学钻探工程。他当选为中科院院士以后，经常到西安讲学，讲述联合国政府间气候变化专门委员会（IPCC）报告的主要内容。在地球环境所有关事项遇到困难的时候，他总是给予支持。

"人家都能吃的苦我为什么不行？"孙福庆说。可是，等完成任务下山时，他整个人都脱了样，身高一米七三的他体重仅剩下九十斤。

张景昭、严军、孙东怀跟着卢演傧出野外，在武汉的一个地方，黑天瞎火找不到住处，好不容易碰上一家旅馆。"好家伙，那被子又潮又脏，脏得没法盖，"张景昭唏嘘着，"太难受了，看着直起鸡皮疙瘩。"可是大家伙儿都累了很多天了，第二天一早还得打钻，不睡不成啊！于是，善于在夹缝中生存的张景昭，拿出了她当年和周卫健在天津塘沽港"泡蘑菇"的聪明劲，想出了一个办法："把毛巾裹在被头上凑合睡吧。"以至于以后大家出野外再遇到此类情景，都会按照张景昭的办法行事。

而在陕北坡头村采集黄土样品的祝一志、刘荣谟、高万一他们可就好得多了，那里盛产苹果，那么红艳、光鲜的苹果，好诱人啊！他们从野外回来时买了几麻袋的苹果，放在黄土室供大家分而食之，引得周飞、张英雯（张光宇的女儿）这些孩子好一番快乐的"争战"。

黄土室就像一座熔炉，这里就像一个和睦融洽的大家庭。他们自己开玩笑地说，即使再平庸、平淡、平凡的人，在黄土室待上那么几年，都会脱胎换骨，突出"重围"（重围是指平庸、平淡、平凡），焕然一新。

周卫健就是例子，她本来就不是个迟疑的人，在黄土室，她更是进步显著。

周卫健在澳大利亚国立大学地理系攻读硕士研究生课程，在约翰·海德博士的大力帮助下，她在实验室做实验，学习并掌握了 ^{14}C 测年的实验方法和技术。她本身有良好的英语基础，加上她一直坚持自学地理知识，并有着丰富的野外实践的经验，因此，她在读硕士研究生专业课程时顺风顺水。

周卫健说："那里的授课方式很特别，没有课本，全是一流的、前沿的学报、信息。老师的讲解也很特别，天南海北，信马由缰。所以很多人学起来很吃力，而我却感到很有趣，为此很着迷。"

从澳大利亚国立大学毕业时，周卫健的成绩稳居第一，三位导师联名推荐她继续攻读博士学位。

可是，当周卫健把这个消息告诉单位时，没想到第一个反对的竟是安芷生。他说："黄土室在进入开放实验室的节骨眼上了，正是需要人的时候。你必须回来，你已经是硕士了。以后有的是机会，你可以先实践再学习，进步会更快……"

于是，周卫健回来了，她踌躇满志地投入到黄土室的建设中。

第三章　筑梦铁炉庙

Chapter Three

季风控制论

20世纪30年代，李四光提出了中国古气候变化的概念；60年代，刘东生指出中国黄土记录了冰期-间冰期的气候变化；80年代初，刘东生、卢演俦、安芷生、王克鲁、吴子荣和文启忠等结合黄土与环境变化的研究，建立了洛川黄土典型剖面，提出了反映全球冰期-间冰期旋回的洛川黄土-古土壤序列，对发现中国黄土的古气候记录具有重要的科学价值。

1985年伊始，贵阳地化所助理研究员安芷生带领8位研究人员"西行北上"，扎根黄土腹地西安，受命组建中科院西安黄土与第四纪地质研究室，实现了中国黄土与第四纪地质研究的新飞跃。他们以敏锐的思想、开放的胸怀，走在国际科学前沿，开拓了黄土与第四纪地质研究新的生长点，从我国不同环境单元（黄土、沙漠、树轮、石笋、珊瑚、湖泊沉积等）获取了大批环境变化记录，在构造（百万年）、轨道（10万年—1万年）和短时间（千年—百年）尺度东亚大陆环境演化的历史和规律研究上，取得了一系列具有重大影响的成果，提出了东亚环境变迁的"季风控制论"。

中科院和中国银行联合支持的陈嘉庚基金会授予安芷生"陈嘉庚地球科学奖"。颁奖词如是说："首次提出最近250万年中国黄土-古土壤序列是东亚季风变迁的良好记录,并将各种地质生物记录和大气环流研究结合;明确指出季风变迁与太阳辐射、全球变化和青藏高原隆升的关系;系统提出了东亚环境变化的季风控制学说,将东亚环境变化推向动力学的理解,从而解释了以黄土和古土壤交替为特征的中国黄土-古土壤序列以及其他东亚环境变化的一系列现象,为推动20世纪90年代以来东亚过去全球变化和第四纪科学研究的发展作出重大贡献。"

1987年夏天,安芷生来到美国哥伦比亚大学拉蒙特-多尔蒂地球观测站,与著名的第四纪地质学家乔治·库克拉教授开展包括黄土磁化率项目的合作研究。

在那里,安芷生的工作非常出色,无论数据、实验,抑或是他提出的建议,几乎都让人挑不出任何瑕疵。这一点很让乔治·库克拉佩服。

同时,安芷生的生活是很单调的,除了实验室,他便把自己"埋"进文献和资料堆里。他吃饭太简单,营养也缺乏,于是就把妻子台益和从中国请来陪伴。

秋天,安芷生和台益和用了10天的时间在美国访问,从纽约到西雅图,再到威斯康星。这些天,安芷生收获颇丰。他拜访了美国华盛顿大学的史蒂文·波特教授,后来他们开展了时长超过10年的合作;也认识了威斯康星大学的约翰·库茨巴赫教授。

1988年元旦前夕,安芷生有幸见到了华莱士·布洛克(Wallace Broecker),世界著名的地球化学家和古气候学家。他们一见如故,布洛克立即邀请安芷生作报告。

安芷生后来回忆说："我对他的印象极深。我感到欣慰的是他对我工作的肯定。"

在美国开展合作研究期间，安芷生从来没有中止过对东亚环境变化的研究。"东亚环境变化有很多现象，如湖面升降、黄土堆积、土壤变化、沙漠进退和植被带迁移……为什么会发生这些现象呢？"安芷生是一个喜欢思考的人，他经常会问自己很多问题。

而关于他脑子里正在追问和思索的这些问题，学术界已经有一个通用的解释模式，即著名的"冰期–间冰期学说"，也就是说，这一现象是由于冰期–间冰期的气候交替所造成的。这种解释获得了国际上的普遍认可。

"但是，如果要进一步探究起来，为什么这么多变化并没有一条线能够串起来？并没有……"库克拉和其他伙伴的谈笑声打断了安芷生的思考，将他从沉思状态唤回到旅程中。美国国家科学基金委员会给了他们经费支持，他们正前往欧洲考察黄土。

在后来对捷克和奥地利等国家的考察中，安芷生的脑子里留下了一个很深的印象：这里的黄土分布并不很厚，最厚不到百米，属于冰川外围的冰缘黄土，而中国的黄土……

1989 年夏天，安芷生出席在美国华盛顿哥伦比亚特区召开的国际地质大会，并作了一场关于"黄土"的报告。会议一结束，安芷生立刻前往密西西比河沿岸进行野外考察。因为他脑子里的那团"思考"一天天在膨大，一天天地激发着他、督促着他。

在密西西比河沿岸，当他看到沿途分布的都是黄土，而且，都是与冰川进退有关的冰缘黄土时，安芷生又开始琢磨了……

九百多年前，苏轼曾有诗云："不识庐山真面目，只缘身在此山中。"一直在中国研究黄土的安芷生，此刻置身海外，却突然找到了灵感——

中国黄土高原的黄土，分布面积广达40万—50万平方公里，并不在大冰盖外围，却与沙地和沙漠毗邻，厚度有200余米甚至更厚，而且黄土与古土壤分层相互交替分布的规律十分明显，显然，它的形成原因与冰川进退并无明确的关系。

这一大胆的假想令安芷生非常激动，浑身发热……可这与国际公认的说法不一致啊！

安芷生闭了闭眼睛，冷静了下来。

跳出了黄土成因的冰川说和沙漠说之后，安芷生重新陷入了更深的思考当中："中国的黄土如此特殊，如果说它与冰川无关，那么，它的形成到底与什么有关呢？"

他想起在威斯康星大学时，库茨巴赫教授介绍了研究印度和非洲季风的重要性，这也启发他去研究中国黄土高原的气候和地理位置：欧洲多瑙河与美国密西西比河流域的黄土都是冰缘黄土，而我国黄土高原的黄土既不在大沙漠外围，也不是沙漠黄土，那么黄土高原是不是与季风区有关呢？

谁也想不到，回国后的一个午后，安芷生拿起女儿的地理书翻阅时，他的思路刹那间被打开了！

他从女儿的初中地理教科书和书中的附图上第一次知道："东亚的现代气候主要受东亚季风气候控制。"这让他喜出望外。他开始查阅、研究所有能找到的与东亚季风有关的教科书和相关文献。

东亚季风在冬、夏两季分别由冬季风和夏季风两股力量交替主导，这是否就是黄土和古土壤形成的动力学因素？

安芷生开始了艰辛的求证过程。

安芷生这样写道："黄土是风成的，虽然沙尘暴多在春季发生，但与冬半年的冬季风有关，上万年的沙尘暴可形成黄土堆积。而古土壤的形成，则主要是受夏季风影响。夏季风的降水带来了黄土高原的植被，有了植被就发育了土壤，过去的古土壤就是这样形成的。剖面上黄土和古土壤的交替，记录了东亚冬、夏季风优势期交替的历史。由此，中国黄土的特殊旋回才得到合理的解释，而不是简单的冰期-间冰期理论能够说明的。由此延伸，东亚季风不但主导了黄土-古土壤的发育，而且控制了东亚的沙漠进退、湖面波动、生物气候带迁移和南海冬季海面温度变化等令人迷惑的现象。"

筑梦铁炉庙

黄土室在成为中科院正式开放实验室后，处处洋溢着崭新的风采。黄土室下一步将面临更大的挑战，一场大"战役"即将拉开序幕，而这场大"战役"正是由安芷生"刮"起的"季风"所引发的！

季风到底为何物呢？它有多大的威力？会产生怎样的景象？

"季风"一词，在中国古代有各种不同的名称，如信风、黄雀风、落梅风，在沿海地区又叫"舶风"。所谓舶风，即夏季从东南洋面吹至我国的东南季风。由于古代海船航行主要依靠风力，冬季的偏北季风不利于从南方来的船舶北上，只有夏季的偏南季风才利于它们到达北方，因此，偏南的夏季风又被称作"舶风"。当东南季风到达我国长江中下游时候，这里具有地区气候特色的梅雨天气便告结束，开始了夏季的伏天。

因此，北宋苏轼在《舶趠风》一诗中就有"三旬已过黄梅雨，万里初来舶趠风"之句，说的是吴中（今江苏的南部）梅雨既过，飒然清风弥漫；岁岁如此，湖人谓之舶趠风。

季风，是起源！

季风，是导火索！

季风，是催化剂！

······

安芷生所思考的季风，让地学界的科研人员聚集到了西安的铁炉庙。

铁炉庙是西安城郊一个村子，位于西安市西影路。

黄土室在小寨东路3号中科院西安分院的一层楼里也有七八年时间了，从黄土室发展到黄土与第四纪地质开放实验室，人员增加了，研究方向也拓展了很多，大量仪器、实验样品的存放等统统成了问题。

于是，黄土室一次性在铁炉庙购得4亩地以及原地附属的一栋L型6层农民旅馆，经过改造完成了4000平方米的实验楼、客座教授公寓、研究生宿舍、食堂及其锅炉房等配套设施建设，从此大家习惯性地将"黄土室"改称为"铁炉庙"。

这当口，从澳大利亚回国的周卫健一直没有放弃学业，她始终不满足读硕士期间学到的那点东西。于是，她白天上班，晚上挑灯苦读，参加全国博士研究生入学统考，考上了西北大学地质系古生物学及地层学博士研究生，师从治学严谨的薛祥熙教授。1989年，周卫健、周明富的 ^{14}C实验室开始承担起了国外样品测试任务，他们已经为澳大利亚国立大学测试样品80余件；次年，^{14}C测年实验室又为澳大利亚国立大学测试样品9件。热释光实验室以及其他实验室的工作都在有序地运行。

1990年冬季的一天，铁炉庙将第一次迎接黄土室的客座教授们，于是，崭新的铁炉庙又被上上下下地打扫了一遍。

那天的铁炉庙显得异常热闹。黄土室正式发出邀请函，邀请国家地震局地质研究所卢演俦教授、中国地质科学院地质力学研究所吴锡浩教授、兰州沙漠所董光荣教授、南京湖泊所王苏民教授、国家气象局张德二教授等为客座教授。此后，他们丰富的经验使得黄土室的科研水平在高起点、高标准的基础上，百尺竿头，更进一步。

参加讨论会的有吴锡浩、汪品先、王苏民、董光荣、孙湘君、张德二、卢演俦、郑绍华、赵松龄等。当安芷生把这个叫"季风"的假想讲出来之后，会场上立时寂静无声，静得掉根针都能听到。大家沉默了良久。忽然，气氛异常活跃起来，大家开始为此争执不下。

安芷生建议吴锡浩、王苏民两人，一人翻阅资料，一人先用一周的时间把美国科学家库茨巴赫的一篇有关青藏高原隆升与季风的英文文章读完。说着，给他们放下一堆资料。

接着，安芷生正式地阐述了这一假想，提出东亚古环境变迁的"季风控制论"，然后让专家们在各自的领域找"证据"。

讨论会一连开了5天，学术气氛异常浓郁。专家们一会儿分头准备，一会儿埋头讨论；一会儿个别商量，一会儿小会交流；一会儿埋头钻研，一会儿争执不休……这些大教授，一旦开起会，陈述起观点来，一个比一个讲得精彩！

黄土室的几个小伙子听得一愣一愣的，个个对这些教授佩服得五体投地！这哪里是开会，简直是在"筑梦"啊！

1991年10月，《中国科学》B辑发表了《最近130ka中国的古季风——Ⅰ.古季风记录》一文，作者：安芷生，吴锡浩，汪品先，王苏民，董光荣，孙湘君，张德二，卢演俦，郑绍华，赵松龄。

1991年11月，《中国科学》B辑发表了《最近130ka中国的古季风——Ⅱ.古季风变迁》一文，作者：安芷生，吴锡浩，汪品先，王苏民，董光荣，孙湘君，张德二，卢演俦，郑绍华，赵松龄。

东亚古环境变迁的"季风控制论"重点阐述了最近130ka东南季风区的各种古季风记录，初步重建了最近130ka和180ka东亚季风变迁的历史，并论述了中国黄土沉积多旋回的气候意义。这项研究后来被国际过去全球变化委员会确定为东亚地区进行过去全球变化研究的主要议题之一，极大地推动了中国乃至世界对第四纪气候环境研究的发展。

一年四季，春夏秋冬。客座教授们去了又来，来了又去。而安芷生的科研不会停留在一个阶段上，他对季风理论的研究没有停止。当然，他的眼界取决于他的胸怀，他的胸怀更反映了他看待事物的眼光和态度。他说："必须强调的是，我们的研究成果是在前人研究的基础上取得的。"

安芷生多次提及的前辈包括最早认识到东亚季风变迁影响的北京师范大学周廷儒院士，以及后来对古季风现象颇有见地的地理与地貌学家、第四纪地质学家李吉均院士，兰州大学张林源教授，南京大学杨怀仁教授。"我们的贡献不过在于根据黄土-古土壤序列把它系统化了，系统地揭示并证明了它。"安芷生谦虚地说。

正是这一揭示和证明，使有关季风的研究成了国内外东亚环境变迁研究领域的共同主题，并一直延续至今。安芷生的研究成果获得了极高的引用率。据美国《科学观察》（*Science Watch*）的统计和报道，1996—2007年，他的研究论文被引用率在全球地球科学领域排在第16位，在中国地球科学领域排在第1位。

背　影

　　亚洲季风已经成为世界尤其是亚洲第四纪与全球变化研究的热点，虽然目前已经初步解决了东亚季风的影响问题，但关于古季风的动力学等一系列问题，还有待于年轻科学家去回答，去解决。

　　1993年的一天，安芷生突然接到一封信，署名"南京大学地质系硕士毕业生鹿化煜"。信中阐释了三条理由，恳请安芷生收他为博士研究生。

　　这三条理由分别是：一是他本科读的是地质地貌，硕士期间到海洋上做研究时才突然发现，他所做的科研是外国科学家20世纪三四十年代干的事情，从此，他决定他的研究方向一定是在中国，在中国的黄土中。二是他读了安先生的文章《黄土与季风》，觉得这才叫科学。还有第三条不是理由的理由：他是白鹿原上血统纯正的鹿家后代，研究黄土得天独厚、义不容辞！

　　安芷生马上表示同意，并且强调："除了你说的三点之外，我再给你加一点：凡是南大的校友我都欢迎！"

　　鹿化煜后来不止一次地说："黄土室我算是来对了！"

鹿化煜是1993年7月22日来的黄土室。第三天，安芷生说："准备一下，出野外。"

"这一天是7月24日，天下着雨。队伍很庞大，有学生，有黄土室的孙东怀和我，有南京大学的陈骏教授和季峻峰一行，还有4个外国人——荷兰人谢夫·范登伯格（Jef Vandenberghe）教授一行。安先生带队。我们坐的是五十铃货车。"鹿化煜是个真诚而学者气十足的陕西娃，说起话来诚恳而生动。下面是鹿化煜的讲述——

到了洛川坡面，安先生花了半天时间给我讲："这是黄土，这是古土壤。"等了一会儿，他又问我："你看懂了吗？"

我说："我看懂了。"其实我把他的书已经读过好多遍了。

他说："你采个样我看看。"

我就开始采样。

"我看你会采了。"安先生说。

后来，安先生带着大部分人走了，留下我和范登伯格教授一行4个荷兰人，一干就干到了国庆节前——回到西安送走范登伯格教授他们，就是国庆节了。

两个多月，我们在洛川采了80箱样品。看我把黄土塬都要背回去了，司机老任骂我："你这个傻瓜！"

本来五十铃货车一趟能拉50箱，可这样就得跑两趟，多遥远的路程啊！

回到黄土室后，安芷生叫他和另一个学生李正华开始学习测磁化率。他们天天干通宵，积极性高极了。鹿化煜说："那时候全民爱科学，我的未婚妻和小妹都过来帮忙。"

他们把每10克的样品放在一个胶卷盒里，每个样品箱放100个胶卷盒，他们做了无数个100个。每个样品需要分开，研磨，烘干，上天平称重。可是，整个黄土室就祝一志的实验室能称。鹿化煜每次用实验室前，先去拖地。因为安芷生教导他："你不做好学徒，怎能当好老师？"祝一志对他很好，见他勤快踏实，干脆把钥匙交给了他。

很少夸奖学生的安芷生说鹿化煜："你很能干，送你出国去，做粒度分析，学沉积学。"

鹿化煜喜出望外，激动得不知说什么好，他要去的恰恰就是荷兰的谢夫·范登伯格教授的实验室，鹿化煜的博士论文就是在那里完成的。

其实，安芷生培养人才是不拘泥于形式的，而是根据需要、根据条件，当然也是有计划、有步骤、有安排地进行的。

有人说，黄土室的人才培养是梯队式的，送出去一批，又培养一批；送出去，再回来，出去的目的是为了回来能更好地开展研究。

在安芷生的心里，最金贵的是黄土，最要紧的是季风，最看重的却是人才！无论什么时候，人才队伍的建设都是第一位的，是重中之重。为了发现人才，安芷生不惜成本和精力；为了找到一个合适的人选，他会三顾茅庐、锲而不舍。

从20世纪80年代到90年代，十余年间，黄土室在不断完善必要的实验室研究设施，继续吸引来自国内外各方面的学科带头人来这里担任客座教授，共同开展科学研究。与此同时，黄土室也培养了一批青年科研人员。科研队伍壮大了，管理就成了一个突出问题，黄土室需要专门的、专业的行政管理人员。

安芷生听说陕西师范大学校长办公室有一个年轻人，是西北大学数学系毕业生，却从事行政管理工作有3年之久，工作很出色。这个年轻人名叫高玲瑜。

一天，高玲瑜刚进办公室，校长秘书就通知他，说校长让他来一下，有一位中科院院士想见见他。高玲瑜有些吃惊，他并不认识中科院的什么人！交谈后，高玲瑜又是一惊，他没有想到中科院的单位会来调他。

高玲瑜至今还记得那天他送安芷生离开时的情景。

那是一个夏末秋初的日子，下着雨，安芷生出了校门，披上雨衣，骑着一辆自行车驶入风雨中，挤在人海里，消失在灰茫茫的视线里……

高玲瑜至今说不清楚自己到底是怎么说服自己的，反正他来了。"恐怕与那个背影有很大的关系！"高玲瑜说。

从一个高校校长办公室来到一个只有几十人的研究室，高玲瑜的心里还是有些落差的。和陕师大相比，这里太小，条件也不如高校优越。可是，今天说起此事，高玲瑜却并不后悔，因为从31岁到44岁，他在黄土室的13年间，见证了黄土室的飞跃式发展，这段经历对他的一生都是极其重要的锻炼和积累。

"没有安芷生就没有黄土室，没有安芷生就没有年轻人的辉煌事业。我后来到烟台海岸带所（中科院烟台海岸带研究所，以下简称烟台海岸带所）任书记，像当年安芷生他们从贵阳到西安一样，自手起家，从头干起，我运用的全是安芷生建设黄土室的模式。"高玲瑜说。

"安芷生就是黄土室的中心和灵魂。安先生不是我的导师，但他是我终身的老师。"高玲瑜抑制不住心中的激动，滔滔不绝地讲述着。

高玲瑜说："那时候，不止我一个人有这样的感觉，好像大家都是在给安先生做事情。他一回来，所有人脚步都加快了。他把黄土室当家，把大家当自己的家里人。"

高玲瑜到黄土室不久，安芷生就去了日本做合作研究项目。三个月后安芷生回来，送给高玲瑜一块手表。高玲瑜说："看得出先生很高兴，对我很满意。"

只把春来报

抓不住关键，成功就会从身边偷偷溜走。关键是什么？关键就是主要矛盾，抓住它一切就迎刃而解。这是科学素养的检验，这是聪明才智的较量。那么，对于黄土与第四纪地质开放实验室，安芷生应该带领它朝着什么方向出击呢？到底应该先撞开哪一扇大门？

无疑，他果断地抓住"国家重点实验室"和"古季风"。

先说古季风。虽然过去已经有不少科学家研究过古季风，然而，他们并没有把黄土与古季风联系起来，没有发现形成黄土的动力学机制就是古季风。但是安芷生发现了。

在安芷生发现"它"的30多年前，西方国家的科学研究大多强调单干。1961年，在波兰华沙召开的第六届第四纪国际大会上，美国代表团团长嘲笑苏联的一篇论文竟有11个人署名。但是，在高科技迅猛发展的今天，单干已经很难出成绩。世界第一流的科研成果，总是多学科、多单位协同合作的结晶。

在多学科交叉研究方面，安芷生带领黄土室走在了世界的前列。

黄土室有着自由、民主的学术氛围。这种宽松的学术氛围和安芷生新颖的学术思想，吸引了各个学科、各个国家和地区的科学家，他们很愿意做黄土室的客座教授和合作伙伴。在这儿，他们可以从事各种方向的研究；黄土室的各种仪器，他们都可以使用；黄土室的学术讲座，他们都可以畅所欲言；黄土室的成员有出国工作的机会，他们同样可以拥有。黄土室为各个学科的科学家提供了可以驰骋的广阔天地。尤其在每一次分配项目经费时，他们比黄土室的人拿到的还要多。为此，黄土室的很多人感到委屈，找安芷生评理，他总是笑笑，说："吃点亏没什么不好。"

安芷生记得母亲的教诲。母亲说："跟朋友相处要舍得吃亏！"

当然，黄土室也从客座教授和同行们身上汲取了新鲜的血液和营养，得到了很大帮助。各个学科的客座教授，天文的、气象的、沙漠的、湖泊的……黄土室的人们从这些合作者身上吸收了营养，壮大了自己。

总之，安芷生用超群的学术思想，宽厚的人格，严谨的科学态度，带出了一个团结向上的集体，一个走在第四纪地学前沿的集体。

这里，随手选取了黄土室1991年简报的部分内容。

1991年4月15日——

中国黄土中"Younger Dryas"气候震荡记录："Younger Dryas"突发变冷事件（"新仙女木"事件）首先在欧洲及大西洋沉积物中被发现。该事件发生在大约距今11000—10000年，并被认为是未来气候变化的历史相似型，然而在东亚大陆沉积物中还始终未能找到这一记录的确切证据。去年（1990年），安芷生、周卫健、郑洪波、肖举乐等同志对中国宁夏巴谢高分辨率黄土剖面进行野外地质考察，并采集大量的样品进行高精度的^{14}C测年、^{13}C分析及环境磁学等的研究，发现"Younger Dryas"突发事件在黄土剖面中也确有记录。该事件在亚洲季风区的表现为季风气候的突然变化，即夏季风的突然萎缩和冬季风的突然加强。

1991年5月4日——

安芷生教授与英国利物浦大学约翰·肖博士共同负责，肖举乐和郑洪波参与的"蓝田新生代黄土和渭南晚更新世河湖沉积的古地磁与古环境研究"项目圆满完成。该项目曾获得中国科学院与英国皇家学会资助，取得了以下成果：（1）建立了最近500万年我国黄土-古土壤-红黏土的连续磁性地层序列，发现了80万年和112万年前的两个极性漂移事件；（2）建立了黄土-古土壤-红黏土的连续磁化率气候地层序列，认为磁化率可作为反映东亚夏季风变迁的代用指标。这项研究成果已在多家国内、国际刊物及国际会议上发表。肖博士无偿资助黄土室环境磁学实验室热退磁仪（价值3.5万美元）一台，并且三次来华安装、调试实验装置。

黄土室再派出三位青年学者赴英进修学习。通过联合培养的形式，安芷生教授和约翰·肖博士共同指导的其中一位博士研究生于今年夏季获得博士学位，另外两位博士研究生尚在学习中。

……

1991年6月25日—29日，黄土与第四纪地质开放实验室又迎来了美国全球变化代表团团长、著名大气化学家詹姆斯·卡洛韦（James Galloway）和佛罗里达大学大气气象学教授约翰·温切斯特（John Winchester）一行。访问期间，这些科学家除了参观黄土室，还进行了野外地质考察，并作了关于《中美大气气溶胶化学成分对比》以及《全球气候变化研究与科学教育》的专题报告。

黄土与第四纪地质开放实验室组织了别开生面的青年人系列报告：周卫健的《"Younger Dryas"的 ^{14}C 年代学》、张小曳的《大气气溶胶及现代粉尘化学》、刘禹的《树轮稳定同位素》、谢军的《光释光年代学》、郑洪波的《环境磁学》，以及李小强的《孢粉记录的全新世气候演化》。

年轻的队伍，精彩的报告，得到了中外科学家的高度认可，他们惊讶于安芷生的团队如此生机勃勃。代表团团长卡洛韦教授说："与美国全球变化研究水平相比，黄土与第四纪地质开放实验室的科学思想、科技水平以及未来潜力并不逊色。"他向安芷生表示，回国后向政府提交的报告中，将专门介绍黄土与第四纪地质开放实验室研究全球变化的潜力。

1991年8月11日，经过一年多时间积极筹划的第十三届国际第四纪大会（INQUA）终于在北京国际会议中心开幕了。

由安芷生亲自挂帅，黄土与第四纪地质开放实验室客座教授张选阳、吴锡浩、陈西庆、李雪松等组成的工作小组编辑的近40万字的《中国第四纪地质与环境》（*Quaternary Geology and Environment in China*）一书于会议开始前出版。参加本次大会的各学科人士和中外代表对本书给予了充分的肯定。许多代表认为，这本书是反映中国第四纪研究进展的代表性著作。安芷生和黄土室的同事们负责大会分会场科学报告的编排、会场选择和幻灯放映等，还负责编写了大会分会的议程计划和英文摘要并出版印刷，他们的工作受到与会者的一致好评。

会后的野外考察由安芷生教授和兰州沙漠所董光荣教授带队，考察团由以尼古拉斯·沙克尔顿（英国）、约翰·查普尔（John Chappell，澳大利亚）、马顿·佩西（Marton Pesci，匈牙利）、维利奇科（A.A. Velichko，俄罗斯）为代表的、世界知名的从事第四纪研究的科学家和科学工作者组成，黄土与第四纪地质开放实验室周卫健、郑洪波、林本海、高明奎负责安排行程，西安电视台专题部郭宏、籍树新随同采访报道。

他们从北京出发，经包头，穿越库布齐沙漠、毛乌素沙漠及黄土高原。考察团详细了解了库布齐沙漠、毛乌素沙漠以及黄土高原的地质地貌特征，沙漠与黄土交替变迁所反映的第四纪气候变化信息，典型的洛川黑木沟黄土剖面；参观了丰富的历史文化遗址，包括成吉思汗和轩辕黄帝陵墓、古长城遗址以及西安附近的蓝田猿人遗址；考察了反映人类改造自然、体现社会主义建设成就的三北防护林。

考察团结束考察后，提出了宝贵建议，认为未来的第四纪研究应该注意数据库的建立，注意进行海陆对比和加强古季风研究，因为这对理解南北半球大气环流相互作用很有意义。

1991年8月，在国际第四纪研究联合会黄土委员会工作会议上，经该委员会前任主席马顿·佩西教授提名，安芷生教授全票当选为本届黄土委员会主席。这不仅是本届大会对中国黄土研究工作的高度肯定，更是国际科学界对中国科学家的高度认可。大会快结束时，在国际第四纪研究联合会执行委员会工作会议上，刘东生当选为国际第四纪研究联合会主席。刘东生的当选不仅彰显了我国第四纪研究在近些年取得的突出进展，同时也反映出我国在未来全球第四纪研究中所占有的重要位置。

1991年，安芷生获"李四光地质科学奖"；1991年12月29日，安芷生当选为中科院地学部学部委员（院士）。后来，又因安芷生在第四纪科学与全球变化领域的贡献，他连续两届当选为国际第四纪研究联合会副主席，并被推选为国际地圈-生物圈计划科学委员会委员、副主席。

黄土高原严寒而漫长的冬天就要过去了，沟沟坎坎之间的迎春花，像一道道抛物线，一点一点地向四面八方抛去，一束一丛，一花一朵，竞相开放，直开到枝的尽头，只把春来报。

第四章　九月九

Chapter Four

与时俱进

1993年的一天，安芷生背着一个黄色的书包到中科院，走进时任中科院计划局开放实验室处处长龚望生的办公室。龚望生处长对黄土室一直很钟爱，每次评审前他都要来检查工作。他曾提出了一句著名的口号叫"如履薄冰"，这句话后来也就成了实验室的座右铭："如履薄冰，奋发图强"。

龚处长见到安芷生，说："关于你们开放实验室升国家重点实验室的报告，我看过了，写得不错。但我告诉你，情况有变化，最近从国外回来一个科学家，周光召院长准备请他建一个国家重点实验室以吸引人才。你来了正好，赶快去找光召院长。"

安芷生两腿生风，来到周光召院长办公室，开口便说："我们的开放实验室在院里组织的第一次评审中获得地学界第一名，当然，不是说我们就是最棒的，但至少说明其他开放实验室与国际接轨还有一些距离。"

周光召院长微笑着说："你回去吧，我们会认真考虑的。"

很快，筹建国家重点实验室的通知就下来了。

不大的黄土室,从1985年的17个人开始起步,到1987年被中科院批准成立黄土与第四纪地质开放实验室,实现了黄土室建室以来的第一次跨越。到了1993年3月,受国家计委委托,中科院进行了"国家重点实验室"的论证。从中科院黄土与第四纪地质开放实验室到黄土与第四纪地质国家重点实验室,黄土室完成了第二次跨越。后来在国家计委、国家科委以及国家自然科学基金委员会先后组织的4次开放实验室和国家重点实验室评审中,该实验室4次名列前茅。

黄土与第四纪地质国家重点实验室第一任主任由安芷生院士担任,学术委员会主任为丁国瑜院士。这也是中国第四纪研究领域仅有的一个国家重点实验室。

新的机构调整后,黄土室首先根据取得的成果和积累的经验,根据当前国际科技动态和发展趋势,经过认真的思考以及与国内外专家和学术委员会的认真讨论,对黄土与第四纪地质国家重点实验室原有的战略目标做出了重新定位。战略定位上,黄土室准备充分发挥我国三大地貌阶梯的特色和黄土、沙漠、湖泊、冰芯、树轮、洞穴沉积、历史文献等多种环境记录的优势,探索地球表层环境领域国际前沿的重大基础科学问题,在国家层面开展与全球变化相联系的我国特别是西北地区的经济社会与环境可持续发展的战略性研究,力争把这个实验室建成一个与以海洋研究为中心的美国哥伦比亚大学拉蒙特-多尔蒂地球观测站平行的大陆环境科学研究中心。与此同时,黄土室制订出一个具体的科学目标,从地球整体系统(大气、大陆、海洋、冰雪子系统)和各圈层(岩石圈、水圈、生物圈、大气圈)各因子相互作用和耦合过程的角度,在全球和区域层次上开展环境系统不同尺度时空变迁规律和机制的研究,为创建地球整体环境系统及其变化规律的理论作出前瞻性和创新性的贡献。

　　既然是国家重点实验室，就要担负起国家层面的科研重担。为此，黄土室也制订了有关国家目标，深入探索我国北方生态环境敏感区气候环境演化过程和规律，恢复我国尤其是西北地区生态系统的综合历史图像，从地质和历史文献记录中提取自然环境的承载力和背景状况，为未来环境变化的趋势预测服务；评估亚洲粉尘对区域和全球环境的影响等，期待为政府制定我国半干旱、半湿润区生态环境综合治理和可持续发展战略提供思路和科学依据。

　　就这样，在明确了国家战略目标的前提下，黄土室结合自身实际，适时调整了实验室的发展布局。至此，黄土室拥有了进行年代测定和环境指标分析的系列实验室。同时，从科研人员的整体素质、学科结构、研究水平、研究成果、学术气氛、行政管理以及后勤支撑等方面看，黄土室形成了第四纪与过去全球变化研究的整体优势、理论特色与保障体系，初步具备了与国际一流同类单位平行研究和学术竞争的条件和能力。

　　最为可喜的是，黄土室有一支作风过硬、能打硬仗的青年骨干研究力量。代表人物有研究 ^{14}C 年代学与全球变化的周卫健，研究稳定同位素的刘荣谟，研究树轮的刘禹，研究大气化学的张小曳，研究第四纪地质学的肖举乐，研究古气候模拟的刘晓东和研究环境磁学的强小科等。

　　改革开放以来，黄土室能够一直与时代同步前行，并且始终走在最前沿，离不开安芷生这个好舵手。他善于扬长避短，适时地把风险降低到零；善于挖掘潜力，聚集能量，蓄势待发。当国门打开的那一刻，黄土室的研究人员最先走出去学习世界先进国家的技术。他们自豪地说："只有那些故步自封者才会走投无路，我们不会！"

在中科院，人人都知道西安的黄土室有两大著名的客座教授群体——国内教授群体和国外教授群体。

先说国内教授群体吧。

吴锡浩对野外地质地貌了如指掌，知识渊博，专业上按照他的指点研究准没有错，误差几乎为零。跟他出野外，他会不停地讲学问，说天文、道地理、侃地形、聊地貌，他对中国的东西太熟悉了，就是一本名副其实的活字典，听他说话，能学到很多知识。

陈明扬虽然"满嘴跑火车"，但在黄土室建设时期，他是诚心诚意地支持。他知识面广，提出过许多尖锐的科学问题，让每个人都受益匪浅。安芷生说："他出的100个主意里面90个都是'馊'主意，可有一个点子你用上了，那也值。"

王苏民性格很好，常常扮演"调解"矛盾、摆平关系的角色，也最得年轻人喜爱，谁遇到问题都会去找他倾诉。而卢演俦就"吃亏"吃大了，他常常和王苏民"杠"，因为他福建口音重，说话未免就让人听不懂，经常气得"吹胡子瞪眼"直叹气。

董光荣心地善良，爱憎分明，遇到看不惯的事情直言不讳，得罪了人也在所不惜。董老师是研究沙漠出身，培养了很多人才。"他是沙漠学的活字典，对我们研究黄土很重要，他对晚更新世萨拉乌苏剖面有独到的研究。"安芷生说。

张德二对历史气候有独到的研究，她在上世纪90年代几乎每年都到黄土室做讲座。安先生说："张德二对黄土室贡献很大！我们这些搞地质的人哪懂得什么大气科学，而她和陆龙骅可以说是我们进入大气科学研究的引路人。"

张信宝是刘东生推荐到黄土室的，他的专业是构造地质学，后来在新西兰做^{137}Cs的研究。他知识面宽，科学问题也抓得准，对地球环境所从事我国西部和黄土高原生态治理研究工作作出了重要贡献。

"每一个行当都有有水平的人，可有水平的人往往个性独特，对这些人，要宽容一些，懂得包容才能够把大家凝聚在一起。"安芷生认为。

改革开放的政策让外国科研人员有机会走进中国，寻求合作发展的机遇。而在地学界，很多外国科学家在选择合作伙伴时，都毫不犹豫地选择了西安的黄土室，甚至有些国际著名的科学家也几十年来毫不动摇地成了黄土室的最佳合作伙伴和亲密朋友。雷蒙德·布拉德利、乔治·库克拉、约翰·库茨巴赫、史蒂文·波特等，都是地学界大名鼎鼎的人物。

美国马萨诸塞州州立大学杰出教授布拉德利是著名的古气候学家，曾担任过过去全球变化委员会主席；主要从事全新世气候变化和极地研究；出版过古气候学的教科书，享誉世界。他是1986年访问西安以后，最早提出与黄土室开展中美合作的美国科学家。30多年以来，他与黄土室保持着紧密的联系。他毫不吝啬地帮助黄土室的年轻学者，邀请安芷生在1997年伦敦举行的过去全球变化公开大会上作了题为《东亚古季风的历史与变率》的报告，后来还帮助安芷生修改安芷生主编的《晚新生代亚洲气候变化：黄土、季风与季风–干旱环境演化》(*Late Cenozoic Climate Change in Asia: Loess, Monsoon and Monsoon-arid Environment Evolution*) 一书，推荐黄土室成员参与国际组织任职的竞选。

库克拉教授是美国哥伦比亚大学拉蒙特–多尔蒂地球观测站的高级研究员，性格开朗，不拘小节，野外工作能力强。他首先将东欧的陆相黄土序列与深海沉积记录的全球冰量变化作对比，这一海陆气候记录的对比被公认为20世纪60年代地球科学四大进展之一。他邀请安芷生到拉蒙特–多尔蒂地球观测站工作近一年，他的独立思考能力、野外工作能力和对年轻同志的爱护令安芷生难忘。

库茨巴赫教授文质彬彬，和蔼可亲，思路明晰，善于捕捉科学问题的关键。他是美国国家科学院院士，获得过多个国际奖项，是古气候模拟的奠基人。他来西安访问过许多次，将数值模拟引入黄土室，刘晓东、刘禹、李力、陈广善都在他任主任的威斯康星大学古气候研究中心学习、工作过。他与安芷生、刘晓东、陈广善等合作发表过多篇文章，尤其是他与安芷生等合作，在《自然》杂志上发表的《亚洲季风演化与青藏高原隆升关系》一文，全面模拟了青藏高原阶段性生长对亚洲季风和西风的影响。他获得过中科院国际科技合作奖、中国政府友谊奖和中华人民共和国国际科学技术合作奖。

波特教授与黄土室合作近20年，通过美国基金委的项目，为黄土室培养了许多从事野外地质、实验分析和气候变化研究的人才，例如周卫健、刘荣谟、肖举乐、蔡演军、李小强、郑洪波等。他获得过中科院国际科技合作奖、中国政府友谊奖和中华人民共和国国际科学技术合作奖。

"想起黄土室、地球环境所的成立和发展，就不能不想起波特教授。他第一次来西安是1986年，那时黄土室在分院一楼，空空荡荡的。他作了一个《夏威夷火山与黄土》的报告。那时，大家英语不行，我当英语翻译，他很满意。他看到黄土室这样年轻，又是一个新单位，就决定与我们合作。他先后与我合作申请了三个美国国家科学基金的项目，做黄土磁化率、黄土记录的突变事件和青海湖第四纪地质研究。波特毕业于耶鲁大学，师从美国第四纪大家理查德·福斯特·弗林特，并长期担任美国华盛顿大学第四纪研究中心主任、著名的《第四纪研究》杂志主编，曾任美国和国际第四纪研究联合会主席。他与我共事30年，合作发表很多文章，其中著名的是1995年与我合作在《自然》杂志上发表的关于黄土记录的'海因里希事件'的文章，第一次将北大西洋高纬气候变化与东亚季风联系起来。我于90年代初在国际上发表的3篇关于季风的文章都是与波特、库克拉和肖举乐合作完成的，后来又发表过关于太阳辐射通过季风驱动黄土侵蚀的文章。他和库克拉都是我的良师益友。"安芷生数家珍似的述说着。

安芷生说："波特是一个典型的美国人，他学术作风严谨，日常很讲规矩，生活中也公私分明，一板一眼，甚至到了苛刻的程度。但他有一个最大的优点——一心一意。他来中国与黄土室合作，很多单位都想找他，但他从不朝三暮四，而是坚定地与黄土室合作。"

安芷生是个知恩感恩的人，也是个不计较得失的明白人，他说："波特对我一向很好，对中国的发展和崛起甚为赞叹。2000年我在《自然》杂志上发表《高原与季风》一文时，将他放到了合作作者中去，他很高兴。"

安芷生说："从另一个角度讲，由于波特在美国第四纪学术界至高无上的学术和领导地位，他也是卢嘉锡院长亲自邀请的中科院客座教授，他为黄土室和地球环境所走向世界发挥了较大的影响，我们怀念他，感激他！为此，2017年，我们还在西雅图美国地质年会上为去世的波特专门举办了一个纪念会。最近，我和周卫健、孙有斌、蔡演军和晏宏等人还专门写了一篇文章《亚洲季风与三极联系》纪念他。"

对于国外的客座教授们，安芷生不卑不亢，就事论事。澳大利亚的一位教授既想跟北京合作，又要与西安洽谈，安芷生就直接讲出来，告诉他应该怎样不应该怎样，他反而更敬佩安芷生的为人。

"最早和我们合作的澳大利亚科学家詹姆斯·鲍勒手把手带中国年轻人做研究，理查德·多德森（Richard R. Dodson）让中国的研究生住在自己家中。"安芷生说起这些外国科学家朋友来，就像家人一样亲密和自然，有着说不完的话题。

美国人彼得·莫尔纳（Peter Molnar），是美国科罗拉多大学的讲席教授，也是克拉福德奖这个地学界"诺贝尔奖"的获得者。他与刘东生和安芷生早就认识，从2006年起，他开始与安芷生合作，开展中美基金委共同资助（美方500万美元，中方500万人民币）的"青藏高原生长及亚洲水文循环变化"大课题研究。美方还有三位美国国家科学院院士伊内兹·冯（Inez Fung）、拉里·爱德华兹（Larry Edwards）和约翰·库茨巴赫参加，中方有安芷生、周卫健和张培震三位中科院院士参加。

安芷生说："我们合作6年，在中美双方各开了三次会，取得了丰硕成果，也为地球环境所培养了研究构造、气候模拟和稳定同位素的年轻人才；先后在《科学》杂志上发表了两篇文章，在《美国国家科学院院刊》上发表了一篇。这一过程中，彼得不厌其烦地为中国学者修改论文，带着常宏在青藏高原考察多次，对常宏科研能力的提升帮助很大。直到今天，他还与我们保持密切的联系，一起参加美国罗彻斯特大学卡马拉·加尔齐奥内（Carmala Garzione）教授的国际合作大项目。他还派他的学生到刘卫国的稳定同位素实验室研究GDGTs（甘油二烷基甘油四醚）这一温度/降水的代用指标。总之，他的学术造诣、学术态度和个人气质都对中国地学界和地球环境所的中青年科学家有深刻的影响。"

还有日本科学家名古屋大学教授松本英二，他多次来黄土室，还邀请安芷生到名古屋大学讲课三个月，是黄土室与日本合作的先驱者。

这些著名的科学家对黄土室和地球环境所的发展有着无与伦比的贡献，真是一流的科学家造就一流的人才。他们之所以选择黄土室合作，道理很简单。

他们说：“那是黄土的腹地。”

他们说：“那是一支年轻的团队。”

做科学研究，需要有超前意识。安芷生就是这样一个具有远见的人。

有一天，早上一上班，安芷生就带着一个电工找到李力，让李力一定要把互联网做起来。

李力一听，蒙了！这可不是爬电线杆子，也不是焊接管道，更不是买台传真机那么简单的事。

李力低头叹了一口气，抬头对着他，笑了笑，还未开口，而他却说：“就这样吧。”转身急急地走开了。

……

这不亚于一项科学研究！当时中国的互联网只有64K的通道，全中国都用这一条通道。李力找遍了全西安城，终于在一个书摊上找到了一本与TCP/IP协议有关的计算机教材，可那是讲计算机原理的，与互联网根本不是一回事。反正安芷生交代了，“那就‘弄’吧。”李力心想。然后，他停下了一切工作，课业也停下来，连睡觉、吃饭、走路、做梦都在“想”它，“弄”得昏天黑地，“弄”得没日没夜。

　　终于搞起来了！李力把互联网搞起来了！大家像炸了锅一样，高兴极了。中科院青海盐湖研究所（以下简称青海盐湖所）的、中科院西安分院的、周边学校的，很多单位的人老往这里跑，来发e-mail。一时间，黄土室门庭若市。

　　1995年，当中科院作出"百所联网"的指示时，黄土室用e-mail与国际同行的交流已经持续了两年有余。

　　总而言之，性急、细致、敏感、宽容的安芷生带出了一个敏捷、开放、独特、和谐的团队。从1989年到1995年短短的几年时间里，黄土室先后和28个国家的科学家建立了友好往来，派出去100多人进修、合作，在国际上发表论文的数量在国内地学领域处于领先地位。

　　1989年，美国哥伦比亚大学、马萨诸塞州立大学、华盛顿大学、威斯康星大学同时向美国国家科学基金委员会提出申请，申请与中国合作，而对象呢，他们都不约而同地选择了安芷生领导的黄土室。

　　1996年1月8日，周杰与澳大利亚伍伦贡大学南森（G.Nanson）副研究员合作开展"中国北方风成沉积的热释光和光释光测年"研究项目；同年，刘禹与美国亚利桑那大学树轮实验室马尔科姆·休斯教授合作开展为期4年的"秦岭400年来树轮气候学研究"研究项目；1997年3月，周卫健与美国亚利桑那大学加速器实验室蒂莫西·朱尔（Timothy Jull）教授合作研究"微量样品加速器测年"的项目经批准顺利开展。

　　……

　　黄土室在不断地壮大，迅速发展。当中国改革开放新的大潮袭来时，中国人呼吸到了开放的空气，也激发了人们的活力与潜力，过上富足快乐的生活是大家的共同心愿。

在流动中坚守

黄土室不是世外桃源，年轻人更是要试试自己的身手。"挣钱靠的不光是运气，还有能力。"他们自信地说。

办公会开得如火如荼，蒋宇、谢军、李力、阎远森……全是安芷生的爱徒，还有高玲瑜、吴振宇、高明奎等行政人员，以及祝一志、周明富、高万一、孙福庆、张景昭、刘荣谟、张成秀这些黄土室的"元老"，大家热烈地讨论着，争执着，各抒己见。

蒋宇说："那些百货公司都能探到油井打出油来，我们搞地质专业的更不在话下了。"

"是啊！我们没问题，首先在勘探上'门儿清'。"张景昭说。

"我们的油井会一天到晚'咕咕咕'地往外冒，可是油打多了，恐怕就得有专人看守着。"有人提出了顾虑，仿佛"哗哗哗"的石油，海水一样就在眼前。

谢军更性急，指着李力，嚷嚷道："小李子年轻身体好，你值夜班我值白班。"

"咱们是否要租赁几台油罐车？"又有人提出问题了。

"干脆买一台算了，打的油多了不愁没钱的。"有人慷慨地回答说。

……

大家七嘴八舌，仿佛滚滚的油海就在眼前，成堆的钞票堆成了山，直愁着怎么搬回来。

当时的陕北高原发现了大油田，一时间那里成了非常富有的黄金区，今儿你找到了井，明儿我打出了油，黑色的液体"咕咕咕"地往外冒，似乎遍地是黄金。

后来，从成都和广州等地来了几个安芷生的老同学和老熟人，他们讲了改革开放后搞活经济挣大钱的事情，黄土室里的人听后更是按捺不住激动，磨刀霍霍地准备试一把了。

然而，黄土室毕竟是高级知识分子的聚集之地，"画饼充饥"一阵子后，该"下海"的人"下海"了，可寥寥无几，更多的人，尤其是身怀大志的年轻人都在观望着自己信赖的导师。

安芷生对做生意向来提不起兴趣，他只做一件事——科研，只专注于一项事业——黄土室。这两个呀，一个是他的"命根子"，一个是他的"孩子"。

安芷生说："人各有志。想赚钱的去赚钱，有兴趣做科学研究的自然是会留下的。"

果真，黄土室还是黄土室，除了个别人之外，几乎全部"安贫守道"，一如既往地做着自己的工作，甚至比以前更加执着与专注了。

1995年3月9日，黄土室推荐李正华为《固体地球科学的前沿研究》文集的编委会委员和联络员；5月20日，录取刘禹为地貌学与第四纪地质学专业博士研究生；6月，聘请周卫健、张小曳为研究员；6月13日，任命祝一志担任黄土与第四纪地质研究室副主任；8月25日—10月25日，安芷生受英国利物浦大学邀请，进行为期两个月的合作研究……

这一时期，黄土室多少是有些动荡的，可这种动荡是积极的、可喜可叹的，是可持续发展的。前前后后从黄土室走出去了很多优秀的人才，可也陆陆续续地走进来了几个年轻人。

1994年7月，孙有斌从中国地质大学（武汉）地质系毕业后，来到黄土室读安芷生的研究生。他先在孙东怀、鹿化煜、卢演俦等的带领下去黄土高原出野外，后来安芷生安排他提取黄土中的石英颗粒，研究冬季风演化。他多次冒着酷暑、顶着寒冬，在灵台、西峰、蓝田、府谷采集黄土-红黏土样品，先后完成了上万个黄土样品中石英颗粒的提取和粒度分析，建立了最近700万年风尘通量和石英粒度变化，论证了黄土既是东亚季风变化，也是内陆干旱化的忠实记录者。6年的研究生生活，无论出野外，还是做实验、写论文，他都兢兢业业，安芷生几乎没有批评过他，师生相处得非常愉快。

临近毕业的一天，孙有斌突然向安芷生提出他要出去看看。他直言不讳地说："安先生您是棵大树，黄土室也是棵大树，我做您的学生6年了，在树下乘凉很舒服。但如果仅关注黄土，我的视野就太窄了，我要去看海洋，还想去极地……

"海固然很大，水也很深，外面的世界不一定如你想象的那么好……"安芷生循循善诱地劝他。

孙有斌能感受到安芷生希望他留下的心情，但安芷生不是固执之人，他虽然有期望，也尊重个人的选择。

孙有斌临离开地球环境所（此时黄土室已改名为地球环境所）

时，安芷生语重心长地说："无论走到哪里，你的身上都会打着'黄土室'的烙印。"

后来，孙有斌到青岛、南京，到美国、日本，做海洋相关研究。其间，他遇到了不少坎坷，在安芷生的鼓励和帮助下，他都一步一步地跨越过去了。

在6年的游学经历中，孙有斌虽然涉猎了不同学科的方向，领略了东西方科研文化的差异，但他根在黄土，情系季风。

2006年，在离开了地球环境所游学6年后，孙有斌最终还是回到了这里，因为这里有很好的实验条件和研究平台，有安芷生搭建的更大舞台。"回归黄土是我最由衷、最发自内心的一份情感！"孙有斌激动地说，"因为先生言传身教对我的影响，继续从事黄土与季风研究是自然而然的事情，也将是我这一生的唯一追求。"

"我不管走到哪里，都得到先生的帮助，"孙有斌说，"我的多篇文章都渗透着先生的心血，是他把我推荐给了史蒂文·克莱蒙斯（Steven C. Clemens）教授这位国际著名科学家。史蒂文·克莱蒙斯教授只是先生众多朋友中的一位，他和先生对我的帮助我无以回报。"

他说："从1994年至今，对黄土室、对先生，我都是怀着非常深厚的感恩之情。20年前的黄土室和今日的地球环境所已经不是一个概念了，很多人都做了其他学科的研究，做黄土研究的人所剩无几，但我会坚持阅读'黄土'这本天书，希望从中看到另外一些精彩的故事。"说起"黄土"来，孙有斌是那样的信心满满，如同安芷生说起他的"季风"一样言无不尽。

升　格

　　1999年，中科院路甬祥院长提出实施"知识创新工程"的举措，针对中科院进行改革。在这次改革中，中科院的很多单位被合并、撤销、重组。唯独黄土室，不但没被撤销，没被合并，反而被破格升级了！

　　从中科院西安黄土与第四纪地质研究室升格为中科院地球环境研究所，实现了黄土室建室以来的第三次跨越。

　　这里还有一个花絮，在中科院党组开会讨论黄土室前途问题的前一天，陈宜瑜副院长打电话给安芷生，当时安芷生和周杰正在北京。陈副院长说："两个选择，一是黄土室进京并入北京地质所，二是黄土室升格为研究所。"

　　安芷生说："容我们想一想。"放下了电话。

　　周杰说："我们自己干吧！是好事。"他鼓励着安芷生。

　　安芷生在房间里走来走去，过了大约一刻钟的样子，他拨去电话，向陈副院长报告说："我们还是自己干，升格吧！"

　　第二天，中科院党组就开会通过了黄土室升格的决议。

现在看来，在当时时间那样紧迫的情况下，安芷生能够当机立断做出正确的抉择，显示出了他超凡的判断能力。"周杰的鼓励起了重要的作用，坚定了我选择独立升格的意志，"安芷生说，"事实证明，黄土室不能离开西部，不能离开这个不断发展的、有着重要战略地位的西部地区。"

地球环境所名誉所长是刘东生院士，第一任所长由安芷生院士担任。

在地球环境所成立三年后的述职报告会上，安芷生回顾地球环境所17年来的发展历程时，说："1985年，我同贵阳地化所的一些同志来到新成立的中科院西安黄土与第四纪地质研究室，从主持研究室的工作到现在已经有17年的经历了，回想往事，感慨万千。

"今天，我首先感谢在座各位多年来对我工作的支持，感谢曾经支持和关心过、现在仍在支持黄土室、地球环境所发展的各位领导、各位客座，地球环境所的发展中你们的努力不可或缺。

"17年来，在黄土室、黄土与第四纪地质国家重点实验室和地球环境所的学科布局和发展上，在我热爱的事业上，我恪尽职守地做好每一件事情，奉献了我的主要精力，对此我无怨无悔。我相信新的一届领导班子，能够团结和带领地球环境所人继往开来，艰苦奋斗，有能力把地球环境所建成世界一流的研究机构，这是我的最大心愿。"

接下来，安芷生满怀深情地回顾了从1985年成立中科院西安黄土与第四纪研究室，1987年被批准为中科院黄土与第四纪地质开放实验室，1993年成为中科院黄土与第四纪地质国家重点实验室，到1999年中科院西安黄土与第四纪地质研究室升格为中科院地球环境所发展史上的几次跨越、几件大事，他说："这一过程耗费了我大量的心血，但我也因地球环境所有了新的发展机遇而倍感欣慰。17年间，我们从几间昏暗的小房间起步，到今天拥有窗明几净、现代化的实验室，凝聚了黄土室人太多的辛劳。

"17年间，我们在东亚季风与全球变化，青藏高原隆升的气候环境效应，短时间尺度高分辨率气候不稳定性研究，亚洲粉尘与全球变化领域建立了自己的学科优势，并获得国际承认。

"17年间，我们培养了包括4位'国家杰青'，2位全国'百篇优秀博士论文奖'入选者（周卫健、张小曳）在内的大量人才，形成了一个稳定的青年优秀群体，他们中的多人积极活动在国际科学研究的领域前沿，将成为地球环境所未来的中坚力量。

"17年间，我们连续4次在由国家计委、科技部组织的实验室评审中获得优秀，成为我国地学领域享此殊荣的两个实验室之一。"

……

安芷生一连用了多个"17年间"的排比句式，看得出他很动情。

安芷生继续汇报："作为地球环境所的一个重要组成部分，黄土与第四纪地质国家重点实验室2000年度面临着4年一次的国家重点实验室评审，评审结果的好坏，将直接影响着地球环境所今后各项活动的开展。鉴于此，我曾多次组织会议，安排各项准备工作，组织并参与编写科研报告和工作报告，亲自主持重点实验室SCI论文的检索。黄土与第四纪地质国家重点实验室仍被评为全国优秀国家重点实验室，这也是该实验室第4次被评为优秀重点实验室。

"在组织和管理所内事务的同时，我继续深入开展科学研究，承担多项科研任务，包括：攀登预选项目——东亚古环境变迁；国家基金项目——晚新生代中国北方风尘沉积与东亚季风演化，我国西部干旱环境的演变规律与发展趋势；院重要方向项目——我国自然环境分异耦合过程与发展趋势；'973'计划（国家重点基础研究发展计划）项目——我国生存环境演变和北方干旱化趋势研究。

"1999—2002年，我在《自然》和《科学》杂志上各发表了一篇文章（分别为第一和第四作者），在《第四纪科学评论》（*Quaternary Science Reviews*）上发表了两篇文章，在《中国科学》上发表了一篇。在中国科学院2000年出版的紫皮书上，我所个人平均SCI检索也居（中科院）资环局第一名。

"在路甬祥院长、徐冠华部长、陈宜瑜副院长和秦大河局长等的支持下，我们即将开始东亚大陆环境科学钻探工程，进行科技部、国家自然科学基金委和中科院共同支持的相关基础项目的研究。这次研究连同地球环境所搬入新址，以及东亚大陆岩芯基地、加速器质谱装置建设获得批复，一起为地球环境所未来的发展搭建一个坚实的平台。我希望并相信新的领导班子，能够发扬地球环境所好的传统，珍惜现在来之不易的大好局面，团结和带领大家，完成历史赋予的使命。"

……

在安芷生的学生中，除刘禹之外，跟随安芷生时间最长的是蔡演军。

1997年，蔡演军从西北大学毕业，他到黄土室的第一年跟着刘荣谟和李正华在稳定同位素实验室学习，管了一年的气体稳定同位素质谱仪，这是黄土室里最老的仪器。同时他也跟着安芷生学习一些硕士研究生课程。

安芷生知道蔡演军本分、内秀，从学校出来没有太多社会经验，更没有太多和外界打交道的机会。1999 年，美国亚利桑那大学的沃伦·贝克（Warren Beck）教授要来西安，同行的还有中国科学技术大学（以下简称中科大）的彭子成教授，安芷生就安排蔡演军去接待，并交代他："你提前一天坐飞机去北京熟悉一下环境，看看怎么买票，走什么路线，否则你也不知道怎么接待和交流。"

那是蔡演军第一次与外国科学家接触，也是他第一次坐飞机。可是令他没想到的是，第一次与外国科学家接触，竟确定了他以后的研究方向，而且是长期的科学研究目标。

贝克教授是地球化学领域的专家，彭子成也是研究第四纪地质的国内名家，可当时他们合作的项目并不是石笋研究，是在一次谈话中，安芷生突然想到的。"石笋（研究），我们还没有人做，于是就让我跟着他们去做石笋研究。"蔡演军说。

彭子成一听："这是个好主意。"

"于是，我就做起了石笋研究来。石笋研究在中国做的人很少，地球环境所里我是头一个，"蔡演军感激地说，"先生一门心思栽培我。先让我去彭子成老师那里学习了一段时间，又送我去南京师范大学汪永进老师那里学习了一个月。接下来我从南京到桂林，先生叫我去桂林的地质部岩溶地质所学习，因为那里可以提供我的专业所需要的环境和资源。2002 年先生直接把我送往美国明尼苏达大学实验室做访问学者。"

当时做石笋研究是从无到有，"相当于给你一个空房间做起"。所以，蔡演军也很有信心，认为是安芷生给了他一个极大的舞台，他要画出最美的图画来。

从读安芷生硕士研究生的第一天起到博士研究生毕业，蔡演军受安芷生影响很大。比如，科研上他不像一些人那样追求数量，而是像安芷生一样追求质量，写一篇文章就把一篇文章尽可能写到最好。他需要在思路非常成熟、自己觉得非常稳妥时才动笔，然后打磨到非常完美时才发表。在地球环境所，蔡演军不是发表文章最多的人，但是他发出来的每一篇文章都代表着个人发展的一个阶段，每一篇文章都会在学界引起不小的反响。

蔡演军很敬佩安芷生的低调和执着："先生表达问题的方式很直接，他从来不说无用的话，所以科学界认可他。"

蔡演军就这样跟随他的导师安芷生以及黄土室，第一批进入中科院的"知识创新工程"。当黄土室正式升格为地球环境所后，他们肩上的担子就更重了，更紧张而繁忙的建设阶段开始了。

"尽管没有轰轰烈烈，但很积极有序地推进，"蔡演军说，"这是先生一贯的风格，也是地球环境所养成的作风。"

九九又重阳

1999年，这一年是黄土室继往开来、欣欣向荣的一年，为适应我国西部自然环境研究以及21世纪地球环境发展研究的需要，经中科院上报中央编制委员会批准，黄土室正式升格为地球环境所。

借着升格的东风，地球环境所立即在西安市高新科技开发区（以下简称高新区）征地，准备建造一个工作环境更好、更加适合发展的地方作为自己的新家园。当时有三个地方可以考虑：一个是将要搬走的某地方热力公司所在地，那里更靠近高新区的核心位置；第二个地方偏南稍远一些，可一时签不下来；第三个地方则是一块麦田，距离高新区中心位置很远，周围光秃秃的什么也没有，看起来有些空旷和荒凉。

安芷生的目标很明确：简单，快捷。"我不需要繁华热闹，而那个热力公司拆迁要等到什么时候？我也等不及。空旷意味着新，荒凉意味着正有待探索！我们怎么想就怎么建，不受限制，没有约束。"他当机立断，在那片麦田上征地15亩，于1999年9月9日上午9时举行了地球环境所实验楼的奠基典礼。与此同时，地球环境所招标，要大家各自设计地球环境所的Logo（徽标），最终卢雪峰中标了。这一

Logo寓意深刻，用经纬线标志着地球环境所面向全球，中间一个不规则的"土"字，标志着地球环境所研究的基础是黄土，但是"土"字的不规则形状又像个"人"字，说明全球变化中人类活动的重要性。

安芷生很在意新所的设计和建造，他特地请来了中国著名建筑设计师梁思成的关门弟子张锦秋院士担任地球环境所新建实验大楼的建筑设计师。

张锦秋早年本科就读于清华大学建筑系，后又攻读建筑历史和理论专业的研究生。她师从梁思成、莫宗江教授，继承并发扬梁思成所倡导的"中而新"的建筑设计理念，始终坚持中国建筑传统与现代相结合的主张。张锦秋的作品具有鲜明的地域特色，注重将规划、建筑、园林融为一体，代表了唐风现代建筑的最高水平，代表作有陕西历史博物馆、黄帝陵祭祀大殿、长安塔和大唐芙蓉园。

地球环境所的设计大气、精美、质朴，融古典与现代、开放与幽静、工作与休闲于一体。庭院的草坪与回廊相结合，围栏镂空，门楼低矮；6000平方米的实验大楼拔地而起，依次抬升，逐层不同，"地球环境研究所"七个大字悬于4层上端单辟的一款照壁处，厚重的、巧克力色的楼体将草绿色的大字映现得鲜活明朗。

新所竣工当日，正是九九重阳节，安芷生、台益和夫妇、张锦秋、韩骥夫妇、祝一志、周卫健夫妇、周杰、高玲瑜、张小曳、刘禹、蔡演军……都来了，满园花香，金黄一片。

2001年5月18日，位于高新区沣惠南路10号的地球环境所举行了挂牌仪式，时任中科院院长路甬祥院士、时任陕西省省长程安东同志和时任国家自然科学基金委员会主任陈宜瑜院士等出席了仪式。路甬祥同志和程安东同志都发表了热情洋溢的讲话，充分肯定了黄土室和地球环境所取得的成就。

第五章　冰期–间冰期

Chapter Five

三个转变

黄土室升格为地球环境所后，安芷生将在中科院西安分院做纪检工作的康贸易调进所里。安芷生说："康贸易诚实厚道，来所后负责纪检和党政工作。他原则性强，为人勤恳，尽心尽力地做事，处理地球环境所的大事，如审计、基建以及后勤和财务管理等。他平衡了各种需求，做出了出色的成绩。他现任地球环境所纪检书记。"

另一位没有从事科研工作，但朴实无华，善良、低调，总是默默耕耘的人就是李红兵。他毕业于西北大学，是地球环境所图书资料室的工作人员，是台益和老师精心挑选来的本分人。只要和他打过交道，人们都会被他诚恳和负责任的态度所感动；只要你有需求，他都会不厌其烦地帮助你，找图书、查资料，尽他所能。

强小科1996年毕业于长春地质学院，他一进黄土室就做了安芷生的学生，跟着安芷生十三年如一日，踏踏实实，兢兢业业，没有任何怨言。国内的、国外的，只要认识安芷生、熟悉地球环境所的，都知道强小科，因为强小科或多或少都帮助过他们。

安芷生说："强小科勤恳，厚道。别说黑木沟、杨家坡、李家村，就是蓝田、西峰、靖远，哪里没有强小科的身影和足迹？无论是洛川栖凤镇黑木村的杨民虎、杨民红，还是杨家沟的大、小老李，谁不认识强小科？黄土室古地磁实验室就是他一手建立的。"

提到强小科，就不得不提由他负责的岩芯库。

在科学技术迅猛发展的21世纪，科学、技术、工程要向纵深发展，无一例外都要依赖于科技工作者的创新活动和现代科学基础设施的支撑。但是，由于我国仍然缺乏现代化的地球环境科学综合岩芯和典型剖面连续标本的保存设施，这就很难保证我国高质量的、具有原始创新意义的地球环境研究的持续发展。地球环境所积极开展大陆环境科学钻探，率先布局丝绸之路生态环境地质历史背景研究，获取了一大批原始的珍贵地质-生物记录，并建成了我国唯一的大陆环境科学钻探岩芯库。

岩芯库由两个冷藏库和一个冷冻库以及岩芯扫描和切割间组成，冷藏库专门用于存放钻孔岩芯，可使用面积320余平方米。库内有高位岩芯架38组，每组20层，低位岩芯架11组，每组7层，总存储面积约2500平方米，最多可存储1.5—2.0米长的岩芯近2万根。

这些岩芯是地球环境所在我国不同地质地貌与气候环境单元获取的以黄土、湖泊为主的沉积岩芯，为研究我国新生代大陆长时间尺度环境变化提供了珍贵的地质记录。同时，地球环境所在全国各地获得了大量树轮、石笋、湖沼、泥炭、珊瑚、砗磲等短时间尺度高分辨率的原始地质生物记录，建立了符合国际标准的冷藏岩芯库。岩芯库向国内外科学家开放，为科学家未来再次采用新技术研究环境变化提供了物质基础。目前岩芯库已经成为国际高水平的大陆环境科学研究基地和地球科学领域高水平的人才培养基地，为科学家认识地球系统科学理论，特别是亚洲环境变化过程及动力学过程作

出了基础性、战略性和前瞻性的贡献，同时服务于丝绸之路发展等
国家需求。

　　借助升格的东风，安芷生果断把握时局，运筹帷幄，抓关键，
顾大局，最终经过周密思考，高屋建瓴地提出了地球环境所研究方
向的"三个转变"——从过去全球变化研究到过去与现代相结合的
全球变化研究的转变，从季风环境研究到季风-干旱环境乃至区域与
全球变化研究相结合的转变，从自然过程研究到自然与人类相互作
用过程研究的转变。

　　这"三个转变"像风向标，如及时雨，一下子成了地球环境所
的行动指南。"三个转变"获得了中科院党组的充分肯定，也为中科
院其他研究所提供了借鉴的范式。

　　地球环境所在突出三个重要转变的前提下，紧紧围绕"三大
关键问题"——我国大陆环境变化的历史、规律与趋势，环境变化
的过程和机理，地球环境系统信息获取的新技术与新方法；发展了
"三个重要方向"——人类活动对自然环境和生态系统的影响，大陆
环境科学与全球变化的综合集成，宇宙成因核素的环境示踪；建立
了一个平台——西部地球环境国家实验平台。

　　以地球环境所第二任所长郭正堂为核心的新领导班子，以这个
"3+3+3+1"为总体发展思路，对学科方向进行了优化调整和凝练，
将科研布局由原来的环境演化实验室、近代环境过程实验室、粉尘
与环境实验室、生物地球化学实验室、环境模拟与环境信息系统实
验室、加速器质谱中心六个实验室，整合为古环境研究室、现代环
境过程研究室、粉尘与环境研究室、加速器质谱中心四个研究室。

　　地球环境所紧密围绕地球系统科学的核心——环境变化研究，

建立了集高难度环境样品采集与储存，高精度数据测试与分析，高性能数据处理、分析与共享为一体的科学研究实验基地。地球环境所的学术研究提高了我国地球环境研究的科技创新能力，为未来获得一批原创性学术成果，也为我国政府解决全国尤其是西部地区关乎民生的难题提供了科学支撑。

"要实施以上战略思想，需要大量的高科技人才。"安芷生说。

2001年来地球环境所的刘晓东，一直担任古环境研究室主任。在安芷生的支持下，这个实验室不断发展壮大，规模已经从最初的一个人发展到现在的几十个人。除中科院兰州高原大气物理研究所（以下简称兰州大气所）王会军院士最早做古环境模拟外，刘晓东应该是我国较早从事古气候数值模拟的科学家。

20世纪90年代初，刘晓东还在兰州大气所工作，安芷生通过兰州沙漠所的董光荣找到他，希望他能够来西安黄土室访问交流。

他们就这样联系上了。后来，地球环境所搞活动时经常叫刘晓东来，写文章时的一些清样、图像、数据也和他讨论，他们的联系越来越多了。

一来二去，刘晓东硕士毕业了，兰州大气所没有博士研究生招收资格，而西安黄土室刚刚设立了博士点，安芷生就邀请刘晓东读自己的博士研究生。

刘晓东人在兰州，做事时来西安，时常能得到安芷生的点拨和指导。转眼他们相识了10年之久，对彼此都有了更深的了解。刘晓东进步很快，已成长为兰州大气所的实验室主任，在所从事的青藏高原气候研究领域也发表了很出色的文章。一次偶然的机会，他收到一位日裔美国教授柳井道夫（Michio Yanai）的邀请函，邀请他一起合作开展研究。

这样的机会让刘晓东喜出望外！谁知行期将近，形势发生了变化，刘晓东需要稍作等待。这时，安芷生再一次出现了，他邀请刘晓东出国前先调到西安来。

这倒让刘晓东有些为难。他刚刚被提拔为实验室主任，又赶上中科院实施第一期"知识创新工程"，中科院在兰州的三个所将合并为一个所，领导不同意他走，以"人心不稳"为由拒绝了他。

当时安芷生正担任中科院西安分院院长，他对刘晓东说："请你现在过来，是从大局考虑。兰州三个所合并，而西安却由黄土室升格为地球环境所，需要做气候研究的人才。至于其他事情，你不要为难，让西安分院周杰同志前去交涉办理，你安心准备出国吧。"

周杰是个办事能力很强的行政干部，他按照安芷生的盼咐和安排去了兰州，不但办好了刘晓东调动的相关事宜，而且把刘晓东妻子的工作问题、孩子的上学问题一并解决了。刘晓东没有了任何后顾之忧，安安心心在美国两年，专心从事科学研究。

2001年，生于宁夏、就读并工作在兰州、祖籍陕西的刘晓东从美国加州学成归来，回到了位于黄土腹地的中心城市西安的地球环境所。

刘晓东回来的时候，正赶上地球环境所迁往新址——西安市高新区沣惠南路10号，地球环境所专门为刘晓东设立了古气候模拟实验室。当然，建立一个前沿科学实验室并非一蹴而就的事情，面对经费、设备、人员统统为零的现实，安芷生又一次给了他这个"光杆司令"特殊政策。没有经费，安芷生东拼西凑，自掏腰包从自己的项目经费里先拿出了几十万元，又从黄土与第四纪地质国家重点实验室拨了一些，再从别处借了一些，交给刘晓东充作"开张"的第一笔经费。人员嘛，只要刘晓东需要，特批！随他招学生。

　　实验室总算建起来了，发展得也比较好，很快成为地球环境所的重点实验室，并承担起中科院"973"计划重点项目研发。在地球环境所实行所长轮值制时，刘晓东曾经担任过2年所长、8年副所长。他本人连续两次获得国家自然科学奖。

　　"风将沙漠粉尘刮起来，吹到下游，然后沉降，再吹到海洋，从中亚到塔吉克斯坦直到我国新疆。那么，它们是怎么刮上去的呢？是怎样的一个过程呢？然后又是怎么到黄土高原，怎么降下来，再到海洋的呢？从陆地到海洋，从古时候到现在，再到未来，这一系列的过程是怎样联系的？简单而朴素地说，研究它的机制和理论问题，我们是问'为什么'的那个人，"刘晓东说起他的"模拟"来，如同讲述一个古老的传说，"这就是在讲一个故事！新疆、海洋、黄土、沙漠……我的任务就是把它们联系起来！"

　　刘晓东认为，这样做"是对黄土研究的一个拓展，只会使这个领域视野越来越大。黄土粉尘不仅仅是联系陆地与海洋的纽带，还与全球大气环流有联系，在地学界这就叫系统说"。

　　刘晓东讲道："最典型的例子应该是安芷生先生2001年和3个外国科学家合作发表在《自然》杂志上的那篇文章，文章阐述了青藏高原阶段性隆升与亚洲季风演化的关系。这是一篇极具代表性的、全方位的、多学科交叉的、非常前沿和精美的文章，其中就用到了'模拟'这个学科。

加速器

周卫健无疑是地球环境所的第二号人物，自始至终跟安芷生一起"打天下""守江山""谋发展"。她是第四纪地质学家，地球环境所研究员，曾任地球环境所副所长、所长。

周卫健就似一台机智、敏感、前沿、威力不衰的"加速器"，她1995年被评为首届陕西省科技新星；1997年被评为"国家杰青"；1997年入选陕西省"三五人才工程"；1999年获全国首届"百篇优秀博士论文奖"；2001年被评入中科院首届"十佳女杰"；2001年被评为陕西省有突出贡献专家；2002年被评为全国"三八红旗手"；2010年被评为九三学社参政议政工作先进个人；2013年获中科院首届"优秀女科学家奖"；2016年，基于她在^{14}C年代学和宇宙成因核素示踪全球环境变化研究方面作出的杰出贡献，周卫健被美国地球物理联合会授予"会士"（AGU Fellow）称号……周卫健前后获得国家自然科学奖3项，中科院和陕西省等省部级奖项6项。

1987年，周卫健刚从国外回来，她深刻地意识到，随着科研的进步和进展，过去黄土室从塘沽港拉回的那台"元老"仪器做实验已经很吃力了，因为它最低只能测1克碳量的样品，无法测微量的样品。而国际上已经采用先进的加速器质谱仪测量，可测毫克、微克级样品，因此周卫健必须经常去国外做实验，但是实验成本很高，测量一个1毫克的样品就要500美元。于是，她就想："我们自己能不能建立一个这样的实验室呢？"

经费不足，设备落后，难题一个接一个，可都没有难倒脑子灵活、性格倔强的周卫健。她和她的团队很快建立了一套自己的小样品测年装置。他们巧妙地选择了在大样品与微量样品之间增加一个小样品，可以做到测100—200毫克的碳。这是多么大的改进！这套装置弥补了当时没有加速器质谱仪的遗憾，在当时可是解决了一个地质和考古小样品的测年难题！而且，从建实验室到改进装置都是他们自己动手，自力更生，一点一点摸索、实验出来的。

最令周卫健得意的第一件事，是她专门做了黄土的年代学研究，把过去的黄土年代研究提高了一个档次。

"我把黄土里边的有机质的不同组分分离开来，做得很细，建立了新的年代学框架。随着时间的推移和科研的进展，我们有了一台300万伏特的加速器质谱仪。有了它，我们工作起来如虎添翼。"周卫健兴奋地说道。

"然而，这个中心的建成并不是一帆风顺的。我们申请的加速器质谱仪是做多核素的，有的同行说没有必要，300万伏特的太大了，只要能做^{14}C就够了，这种意见影响到了决策层和刘东生先生。中科院计划局的徐局长听说此事后，要我们找陈宜瑜副院长。我们找陈副院长汇报后，陈副院长当机立断，决定中科院给1000万元。可是钱还是不够。有次科技部在北京开论证会时，我与当时西安交通大学的校长郑南宁一起吃早餐，就提到加速器质谱仪的事。郑校长很敏感，他说：'我们西安交大也出1500万元，就在交大科技园合建。'我们算了一下，买加速器质谱仪，连同建设附属基础支撑设施，2500万元仍然不够。于是，周卫健又找科技部要钱。科技部就在北京召开论证会，北大陈佳洱校长、北京大气所的吴国雄院士等都很支持。就这样，我们从科技部又争取到500万元，保证了仪器订购。后来，建成的这个加速器质谱中心成为科技部十大科学仪器中心之一。300万伏特的加速器质谱仪可测 ^{14}C、^{129}I、^{10}Be、^{26}Al 等多核素，发展了多核素示踪全球环境变化的新方向。现在国内购买的不少加速器质谱仪，多以测 ^{14}C 为主，但我们这台仪器从测量范围到精度，不可替代！"安芷生在谈到加速器质谱仪时，口吻是平静的，内心却是无限欣慰的。

加速器质谱中心建成后，年代学研究可以起飞了，宇宙成因核素环境示踪研究也可以起飞了。

"有人认为，黄土嘛，经过刘先生、安先生几代科学家的工作，已经研究完了，现在基本上没什么可研究的了，而我通过这台仪器又发现了新方向。"周卫健说起加速器质谱仪和她的学科研究来，一反安芷生的严谨慎微。

周卫健的这个"新发现"指的是B/M界限可用宇宙成因核素来示踪，也可以作为一种测年的手段。国内外科学家对中国黄土做了大量研究工作，但是始终有一个问题没有很好地解决：大家做出来的黄土地层中的B/M界限总是跟深海沉积物中的不一样，两者相差3万年，这也造成了他们在进行海陆气候对比时的困惑。

"要解决这个问题，就需要运用新的方法、新的思路。过去古地磁是测地磁场的方向变化，我们是用 ^{10}Be 来作为示踪物。那么，^{10}Be 又怎样来示踪地磁场的变化？我们知道，当地磁场强的时候，宇宙射线较少进入，^{10}Be的产率就低。反之，当地磁场弱的时候，大量的宇宙射线进来，那样^{10}Be的产率就增多了。所以，我们就利用这种^{10}Be产率和地磁场反相关的关系来示踪地磁场的变化，就看地磁场南北极是怎么倒转过来的。当我们把这件事情确定了，界限年代不就定下来了吗？"周卫健说，"我当时做出来了，^{10}Be示踪的具有78万年的B/M界限出现在S$_7$古土壤中部，而不是L$_8$黄土中，那也就是说黄土和深海沉积的B/M界限都出现在深海氧同位素阶段19中，B/M界限具有全球一致性。因此，我提出用^{10}Be这个宇宙成因核素，也叫放射性核素来进行地磁场变化的示踪，并最终获得成功。该文发表在经典的《地质学》（Geology）杂志上，获得国际著名古地磁学家丹尼斯·肯特（Dennis Kent）教授的高度赞扬。"

她的这一发现，一下子解决了我国地学界争论了20多年的问题。

周卫健还沉浸在她的研究中，她说："在某种情况下，对于松散的沉积物（黄土）用古地磁的办法测定是不能完全信任的，一定要有多个办法来相互验证。松散的沉积物信号有移动性，它一旦移动，那些方法便不灵了，就要换一种方法。我换成了^{10}Be，事情搞定了。我们还认为^{10}Be的真正价值不仅是示踪地磁场漂移，更能示踪降雨变化。我们用数学方法将黄土^{10}Be分离成塬区粉尘^{10}Be、降水沉降^{10}Be和地磁场调制的^{10}Be三部分，等于把黄土^{10}Be的研究往前推了一大步。"

周卫健还利用黄土^{10}Be的分离方法做了近8万年黄土高原季风降水变化研究，刘东生对此高度赞扬："你这个工作很好，应该发表在美国的《科学》或英国的《自然》杂志上。"

1995年，周卫健在国际上较早提出了高低纬气候相互作用对千年突变事件的影响。

"我们在陕北靖边的泥炭里和湖相沉积中发现了这一次事件的记录。然而，我们这个季风突变事件记录与国际上的记录有些不一样，"周卫健叙述说，"在北大西洋和北欧地区季风突变事件表现为持续寒冷，而我发现东亚季风区则分为三个阶段：早期很冷；中期突然降雨增加，气候柔和了，不是那么寒冷，而是湿冷；后期又变得寒冷了。表现为干冷—湿冷—干冷这样一个模式。"

就这样，周卫健把区域特点细致地描述出来了。她提出东亚季风区的这一突变事件既有全球降温信号，又有区域降水变率增加的特点。周卫健说："我们做全球变化的研究，就是要把每个区域都做好，这样才能认识全球规律。我把过去的降水恢复出来，并提出了新的理论。过去强调季风气候突然变化是受高纬度影响，而我认为，季风气候突然变化的事件是由高低纬气候相互作用所驱动，低纬度作用很大，季风通过水汽的传输还与高纬度冰盖等相联系。"

周卫健的研究也说明了一个问题：对黄土的研究是无止境的，科学是无止境的，科学研究的真谛就是它所具有的永恒生命力。

目前，加速器质谱中心和岩芯库是地球环境所飞翔的"两翼"。加速器质谱中心有着惊人的爆发力，不但"催促"了周卫健事业的蓬勃发展、突飞猛进，而且还像一块磁铁般吸引了中外很多科学家，甚至让很多行业的科学家在它的"府邸"从业、腾飞。

周卫健还提起她吸引人才的事，令她很得意的是她将丹麦技术大学的侯教授吸引到加速器质谱中心做研究。那是在2008年，她在国际会议上听到侯教授作^{129}I的报告，听完报告后，马上找到他，还花了很大力气说服侯教授来西安。"侯教授来了以后，把我们实验室的^{129}I方向带出来了。他用丹麦的基金在丹麦的实验室训练了我们所七八个人，其中一人还在丹麦获得了博士学位。他发展了不同介质的^{129}I制样方法，发表了许多篇论文，使我们的这个方向走在国际前沿。他还在科技部申请到一个基础研究专项，开展了我国核环境安全的监测研究。"周卫健激动地说。

周卫健的实验室充满了活力："我们的生命力比较旺盛，气氛活跃，我们经常开会，讨论，争论，有时候跟吵架一样，争得面红耳赤。"周卫健快言快语，说起她的科学活动来兴奋得像个孩子。

冰期–间冰期

地质历史的冰期和间冰期旋回，代表着寒冷干燥气候和温暖湿润气候的大尺度交替变化。对于地球环境所来说，人才是最重要的财富，地球环境所人才的引进和流失，正如冰期和间冰期一样，频繁出现。

2002年8月，安芷生主动让贤，辞去所长一职，从北京请来了他的小师弟郭正堂。

郭正堂也是刘东生的学生，自1990年从法国学成归来，一直在中科院地质与地球物理所工作，从事的研究项目包括新生代古气候与古全球变化、青藏高原对周边环境的影响、古土壤学、土壤碳循环、古环境等。

1998年9月，郭正堂带着寻找更老古地层的想法，对青藏高原周边进行了一次实地考察。由兰州往西安途中，公路两侧红黄交错、层层相叠的幽沟深谷吸引了他的视线。他请司机停下车子，走到近旁大致数了一遍，至少有200层！不用检测，郭正堂已经知道，这绝不是之前一直研究的几百万年的黄土，很可能，这将是一个重要的发……2002年3月14日，英国《自然》杂志发表了郭正堂的论文《中国黄土指示亚洲荒漠化起源于2200万年前》，这篇文章在地学界引起了极大反响，也奠定了他在地学研究中的地位。

郭正堂来到地球环境所后，遵循中科院党组的指示，规范了地球环境所的规章制度，及时按照中科院里文件的规定提高大家的工资；编制研究所五年规划，支持"三个转变"并纳入研究所规划中，得到院领导高度赞赏。

地球环境所毕竟地处西北，条件有限，是个体量小、人员少、环境条件并不十分优越的单位。所以，哪怕这里的科研成果再突出，科学气氛再活跃，安芷生再呕心沥血地培养人才，终究还是留不住所有的人，留不住所有人的心。曾经有一段时间，所里人才流失的问题频频发生，而安芷生最看重的恰恰是人才。当然还有一些其他的原因，致使地球环境所一度处在"低潮"期、"尴尬"期，人心惶惶，动荡不安。生机勃勃的地球环境所，似乎一夜间进入了"冰期"。

郑洪波走了。他是安芷生一手带出来的，安芷生带他去黄土高原，指导他去西安附近的段家坡做红黏土的硕士论文，希望他去中科院古脊椎所研究哺乳动物群和人类化石的磁性地层年龄；吴锡浩带着他进新疆去叶城，一路传授一路指导。孙东怀送去英国深造，回来后也走了。肖举乐走得最早，与日本姑娘弘子结婚后，他找安芷生要推荐信，要去日本读博士研究生，回国后去了北京。

又一日，就连安芷生的爱徒鹿化煜也来找他，表达了去意。

一贯性急的安芷生语重心长地说："你是我的学生。你不要急，你还年轻；你在黄土室时间不长，黄土室对你不差，很早送你出国……"

鹿化煜最终还是走了，去了南京大学。"他发展得很好，现在是南京大学地理环境学院院长。"安芷生说。对于学生的进步，安芷生从来都是欣喜和肯定的。

后来做树轮同位素研究的李正华也走了。安芷生说："李正华也很有能力。后来他借着去澳大利亚访问的机会，去了美国田纳西州大学，听说现在也不错。"

张小曳走的时候心里很愧疚，他想尽了办法免得"刺激"安芷生，可最终他还是走了。所里的人都说："先生对他比对亲儿子还好。"台益和始终不肯接受这个现实，因为她知道，安芷生一直很器重张小曳。

高玲瑜是那一拨人里走得最晚的一个，他曾是地球环境所办公室主任、党支部书记，虽然不做科研，但从他来了以后，他在安芷生身边的时间最多。高玲瑜是个办事效率很高的人。从黄土室到地球环境所，几次搬迁，选址、申报、组建以及跑北京，所有的事务都是经过他的手去申请、去联络、去落实的。

高玲瑜也走了，离开了黄土，去了大海边。

高玲瑜到了烟台的第一天，海风阵阵，海浪滔滔，他看着等待建设的一片荒地，一下子想到了西安黄土室，想到了安芷生，汹涌的情感像要决堤的浪潮，翻涌滚滚。他提笔写了一封长信给安芷生，他说："先生是44岁从贵阳到西安，我是44岁从西安到烟台……"

高玲瑜说："筹钱、征地、找人、施工、建设……我完全是按照安先生建设黄土室的模板来建设（烟台）海岸带所的。"

2001年，安芷生又要去开国际会议，他交代陪同他的蔡演军，提前从西安出发，一同去北大人民医院探望一下病中的吴锡浩。见到病情危重的吴锡浩，安芷生的心沉重极了。他们刚到荷兰的第二日，就传来了吴锡浩逝世的噩耗，这噩耗像一块黑色的铅块，沉沉地压在安芷生的心上；像一片连飓风都吹不散的乌云，缠绕在安芷生的心头……

2008年3月6日，尊敬的导师刘东生也永远地离开了大家。安芷生的心里顿时像被什么东西无情地给掏空了，他的思绪是那么悲伤、滞涩，整个人如山崩一般地塌了下来，久久缓不过神来，从未感到的孤独顺风袭来……

安芷生培养了一批又一批优秀的、年轻的科学家，一批走了，新的一批又上来了，正如过去寒冷的冰期气候和温暖的间冰期气候更替一样。曹军骥、金章东、孙有斌、蔡演军、强小科、宋友桂、常宏、李力、王旭龙、韩永明、陈怡平、李国辉、卢雪峰、蔡秋芳、谭亮成、黄汝锦、晏宏、金钊、王云强、石正国、牛振川、黄宇、程鹏、付云翀和敖红……在地球环境所这样一个健康优秀的科研环境中，经过安芷生的培养，他们一个个如雨后春笋，冒头、发芽，茁壮成长。他们不是"国家杰青"，就是入选所内"青年百人计划"，或者是研究员，他们是地球环境所的希望。

地球环境所编制为60人时，已经培养出了13位"国家杰青"，这是何等骄人的成就！安芷生将刚刚踏出校门的莘莘学子和一个个国际上知名的青年学者引入宽阔的知识海洋，百炼成钢后，放飞在祖国的蓝天大地之上。他们如同一道道彩虹一样耀眼夺目，他们正在为中国的科学事业续写辉煌！

第六章　从鹤庆到罗布泊

Chapter Six

黄金第一钻

2002年8月10日上午10:30，云南鹤庆，蔚蓝的天空艳阳高照，在一阵噼噼啪啪的鞭炮声中，一根20米长的钻具势如破竹般钻进了鹤庆古湖的中心。这是我国大陆环境科学钻探工程的第一长钻，标志着我国大陆环境科学钻探正式进入实施阶段。这是一个重要的时刻，对于我国第四纪科学的发展甚为重要。

过去30多年里，中外科学家在与人类生存关系最为密切的晚新生代环境变化研究方面取得了一系列进展。在这些成绩中，许多重大古环境、古气候问题的突破，都是通过钻探计划或者工程的实施取得的。比如实施深海、大洋钻探工程，不仅为建立地球板块构造理论奠定了基础，也提供了冰期-间冰期交替出现所表现的气候变化全球性、多旋回性和同时性特征的证据；南极和格陵兰冰芯钻探计划的实施，使人们深刻认识到最近几十万年气候变化的细节过程及其揭示的气候不稳定性，为未来气候变化趋势提供了参考。

而当前这项工程的实施，同样涉及当今中国重要的环境问题和全球变化的前沿科学问题，对于它们的深刻认识将会极大地促进对地球系统科学和社会可持续发展的研究，而这些研究都离不开大陆环境科学钻探岩芯这一原始记录的获得。大陆环境科学研究的持续开展，还将有助于揭示大陆和海洋及大陆不同地区间气候变化差异的原因。

负责这一工程的首席科学家安芷生认为："云南鹤庆盆地位于我国西南印度季风区，其区域环境演化与青藏高原生长、印度季风的变迁密切相关。这一地区的湖泊沉积，不仅记录了低纬热带大洋和南北半球气候相互作用的影响，同时记录了我国大江、大河源头的发育历史，也是探讨人类演化和生物多样性的理想场所。所以说在鹤庆盆地实施湖泊沉积钻探，重建印度季风变迁序列和动力学，对国际全球变化和亚洲季风研究都具有重要意义。"

安芷生计划通过这一工程的实施，在世界上发出自己的声音，建立自己的话语权，把国际大陆钻探工程引入我国环境领域。为此，他组织了地球科学、生物科学、数理学等方面的专家，进行了多学科交叉的集成研究。

这次钻探是配合"西南季风的演化过程与生物多样性的变迁"课题开展的，具体负责人是南京湖泊所的沈吉研究员。钻探的实施方案与配合鹤庆钻探作业的队伍都是安芷生和王苏民等商量后敲定的。

本次钻探由青海省核工业地质局矿产勘查大队负责具体实施，从1997年至当时，他们已经累计完成了75000米的钻探工作量。接受本次钻探任务之前，他们还曾做过6000米的钻探，是一支实战经验十分丰富的队伍。勘察大队和沈吉所在的南京湖泊所在技术创新上做了很多文章，比如他们使用三层管——除了内管、外管之外，又在中间加了一层塑料管，这样取芯的时候可以连同塑料管一次性取出来，保证了在采芯、取芯及保存阶段样本质量的完整性。

参加这一研究项目的科学家们更是精神抖擞地来到了现场。中科院许志琴院士接受安芷生的特别邀请参加这次钻探工作，地球环境所的常宏、宋友桂、孙千里、李力、艾莉等人也从西安专程赶来。

"这一钻，是喜马拉雅-青藏高原阶段性隆升与西南季风变迁研究的真切体现，也为研究高原隆升、生态环境演化、生物多样性与植被带迁移的西南季风区奠定基础，"现任南京湖泊所所长的沈吉，语速快，声音洪亮，"此钻选在鹤庆，还有一个重要原因，那就是这里位于西南季风区的云南西部丽江-鹤庆构造断陷盆地。该盆地位于青藏高原和云贵高原转换区，过去这里曾是一片湖区。"

激动人心的时刻来到了，在科学家们的注视下，隆隆的钻机声划破长空，钻探工人们熟练地操作着，打穿湖相沉积地层，获取了地下700米处左右的连续岩芯。对于鹤庆古湖顶部缺失的现代沉积物，工人们使用的是水上钻探平台，在邻近现代湖泊洱海钻取。洱海钻探设计的孔深为10米，因为除了用于获取鹤庆古湖顶部现代沉积物，探讨人类活动对自然环境的影响之外，还可与鹤庆深孔比较，研究、验证西南季风区约260万年以来的气候与环境变化。

钻探昼夜不停，24小时不间断，以每天20米的速度持续工作了将近两个月。

时间过得飞快，转眼间56个日日夜夜过去了，千米钻机在云南高原地区的蓝天白云间高高耸立，飞速运转！

这是难得的、少见的、完整的、前所未有的钻孔岩芯，是黄金第一钻！

金秋十月，在金光闪闪的秋阳里，地球环境所迎来了他们最为金贵的"成员"——岩芯。强小科第一个冲出大门，将它小心翼翼地"请"进实验室。

这款长达737米的连续沉积岩芯，除底部为湖盆沉积初期的底砾岩外，其余720米岩芯，全部为连续的湖相沉积。岩性主要为灰色、灰绿色、灰褐色黏土和粉砂质黏土，层理清晰，内含丰富的动植物化石，是我国迄今为止最长、也是最为理想的研究环境演化的湖相沉积岩芯。全井97％的岩芯取样率在国内罕见，完全可以和俄罗斯贝加尔湖以及日本琵琶湖深钻岩芯相媲美。

湖相沉积物就好比是一个自然档案记录库，能把每年的自然环境信息记录下来。而岩芯更是一种非常完整的湖相沉积物，把它拿到手，就等于拿到了档案库。把里边的样品取出来，进行各种物理、化学、生物的分析后，把它的年代定下来后，再给这个自然档案记录库编上页码，科学家们就读懂了这部自然档案记录了什么。

这根737米的岩芯，不但完整，而且连续不断、稳定地记录了约260万年的印度季风变迁历史，是业界唯一的来自大陆的印度季风的记录。沈吉所在的课题组和安芷生、强小科等又针对深钻岩芯设计了可用于切割不同硬度岩芯的切割机，在地球环境所完成了全部岩芯的切割、编录和拍摄工作，最后将它郑重地存入岩芯库。

接下来，在大量样品的古地磁、花粉、有机质、元素比值、稳定同位素的测试完成以后，科学家们开始进入思考、写作阶段。他们反复琢磨，几易其稿，终于，2011年，有关鹤庆岩芯研究的代表性成果《冰期-间冰期印度夏季风的动力学》正式在《科学》杂志上发表了！作者是安芷生、沈吉、强小科、金章东、孙有斌、罗京佳、王苏民、徐海、蔡演军、周卫健、刘晓东和石正国。

这项研究成果成了中科院实施"知识创新工程"的一个典范，

还入选2011年度"中国科学十大进展""地质科技十大进展"。

2015年，中国科学出版社出版了《云南鹤庆湖泊深钻研究》一书，书中详细描述了云南鹤庆的地质概况、自然地理环境、深钻岩芯特征和气候历史等，沈吉、强小科等参与了该书的写作。

鹤庆钻探锻炼了很多人才，沈吉此后不久就成了"国家杰青"。

金章东去剑桥大学以前也参与了这次钻探，但他当时只是钻探时跟钻的人。2007年4月，金章东正式调进地球环境所，他到西安后做的第一件事情便与鹤庆钻探和这篇文章密切相关。

2007年年初，金章东将要到地球环境所报到前夕，安芷生在北京开会，他敲开了安芷生的房门。金章东对鹤庆钻探的感受太深了，他讲："我总觉得那里边是有更多的东西的。"

安芷生一愣，反应过来后，突然说："你先整理资料，我们把注意力再放多一些进去。"

"我立即就成了安先生研究鹤庆岩芯的助手。"金章东说。

"从那以后安先生就把注意力放在研究鹤庆岩芯上。2007年我过来后，他吩咐我着手准备整理数据。前后三年半的时间，上千个日日夜夜，在先生指导下，我几乎把所有的精力都放在了这篇文章上。"

2008年9月—2009年8月，金章东因为其他合作项目在台湾工作了将近一年，中间却前后回来七八次，基本上一个月回来一次，安芷生一个电话就把他叫回来了。"章东，你得回来。"安芷生电话中说。

"我就飞回来。飞来飞去就为这篇文章。"金章东说。

只要和鹤庆钻探有关的资料都在金章东的电脑里，只要是安芷生所讲的思路都在金章东的脑子里。所以，"你是第一个必须参加的。"安芷生说。

金章东是个思路清晰的人，对材料的熟悉程度、对问题的把握能力都是准确到位的："他只要一讲出来，还没等他说完，我就可以把资料拿到他面前，放在那里。"

安芷生的一个眼神，或者一句话，金章东马上就知道下一步要做什么。他们配合得是那样默契，相得益彰。"我完全知道他想要做什么和表达什么。"

这篇文章在《科学》杂志上发表后，安芷生专门表扬他："这篇文章的发表，金章东劳苦功高！"

在金章东心里，安芷生虽然是一位著名的科学家，但是，他平易近人，真诚可信。"我跟先生是非常知心的朋友，"金章东坦诚地说，"这么多年了，我与先生之间没有什么话是不能直接讲的，都非常自然。来地球环境所10年了，我没有一丝后悔过。安先生眼光看得很远，气量非常大，非一般人所及。我在这里被评为了'国家杰青'，也被任命为国家重点实验室主任。但这些都不那么重要，重要的是跟着先生有方向。"

2012年，金章东在地球环境所被评为"国家杰青"，又被任命为黄土与第四纪地质国家重点实验室的主任。金章东是个对自己有规划、重落实的人，他在获得博士学位时，就给自己订了个计划。当时他开玩笑似的对自己的妻子说："我35岁要当教授，40岁拿'国家杰青'。"现在看来，他34岁评上教授，41岁被评为"国家杰青"。就在他40岁申报"国家杰青"时，妻子怀孕了，他幽默地说："看你先生还是我先'升'。"结果温婉贤淑的妻子在评选结果出来之前先给他生了个可爱的女儿，他说："你赢了。我要继续努力！"

已经有了两个女儿的金章东，不但科研成绩斐然，而且领导能力一流。他的团队在《地质学》杂志上一连发表了三篇文章，最近还在《科学进展》（*Science Advances*）上发表了一篇，都是讨论汶川地震对环境影响的现代过程的。他带领的团队在地球环境所开辟了研究非传统稳定同位素示踪现代环境突变事件及其效应的新方向。

所长轮值制

2006年7月，根据时任中科院院长路甬祥的建议，中科院党组决定在地球环境所试行"轮值所长责任制"，并在科发党字〔2006〕49号《关于在地球环境研究所试行轮值所长责任制的通知》中明确了由4个研究单元主任轮流担任轮值所长，任期两年。2006年9月，周卫健同志就任地球环境所试行轮值所长责任制后的第一任所长，刘禹、刘晓东、曹军骥同志为副所长，共同组成地球环境所行政领导班子。按照排序，一人担任一轮所长，再由下一个人担任，如此循环。地球环境所学术委员会主任是安芷生院士。同时，随着地球环境所党员队伍的壮大，经中科院西安分院党组批准，原地球环境所党支部升格为党总支，辖4个党支部。2007年7月，根据地球环境所发展需要，在原有综合办公室、后勤中心部门的基础上，成立了科技外事处，主要负责科研业务和外事管理工作。

周卫健所长说："轮值所长责任制是借鉴了德国马普学会的经验，即由各学科方向的带头人轮流担任责任所长，任期两年，通过学科交叉碰撞出思维的火花，走尖端科研之路。它的优势还在于每个人在任期的两年内，都会有一些新的、好的、不甘落后的想法涌现出来，拿出自己最好的爆发力。另外可能还有一个原因，就是科学家都有自己的研究课题，这样也不会因为长期担任领导工作而疏忽了自己的专业。"

周卫健担任第一任轮值所长期间，她首先在所里设立了一项"青年百人计划"，破格提拔年轻有为的苗子，把年龄在30岁以下的好苗子先"拔"上来，然后签合同，再考核，打破了过去陈旧的、论资排辈的状况。3—5年后，若他们达到了一定的水平，比如发表的文章或研究成果达到了某个数量或某个档次，不仅可以涨工资，还可以被直接提拔为研究员。"以前哪怕你到一定水平了，工作年限不到也提不了。但现在年轻人即使工作年限不到，没关系，只要有成果、有创新、有突破，我们就可以破格提拔。"

比如从长安大学毕业的学生王旭龙，他在光释光测年实验室工作，非常有创造性地把过去只能测到前10万年的测年纪录一下子推进到前80万年，这是多么大的突破！他年纪轻轻就能够做出这样的成绩，在业界引起了非常大的轰动。地球环境所把他从一个助理研究员破格提拔为研究员。

这样的机制不但为年轻人解决了生活上的后顾之忧，而且增强了他们工作的动力和活力。晏宏、王云强、牛振川、石正国等都享受过这样的待遇。牛振川入选了所内"青年百人计划"后，进步也非常快。

这种机制对稳定地球环境所队伍，减少人才流失起到了一定作用。"就是要给年轻人提供优先条件，在他们最困难、最艰苦的时候拉他们一把。当然，他们自身也必须达到一定的标准，并不是所里搞什么'土政策'。"周卫健说。

刘禹是继周卫健后的第二任所长，除了安芷生院士、周卫健院士，地球环境所第三个元老式的核心人物就是刘禹。

刘禹从事树轮研究，这项研究对分辨率要求很高，他必须在更高层次上突破、创新，走出一条继往开来的路子。刘禹说："这很难！先生他们已经把起点拔得那么高了，要突破谈何容易？他们每次都是第一，如今接力棒到了我手里，能保持就很不错了！"听得出来，刘禹压力很重。

经年累月，他顶着黎明，早上六七点钟到办公室，到了晚上11点甚至第二天凌晨1点，才在夜幕沉沉中离开。刘禹的办公室就像一个舞台剧场，东西繁多：很多书，或柜中排列，或地上、案头随意堆置；有床，困了倒头便睡；有吃食，有茶盅杯盏，有冬夏便衣；有图册，有相机，有样品，有背囊……还有正在撰写的科研论文和长篇小说……

除了树轮，最能拨动刘禹心弦的有两个生命：至爱的女儿甜甜和最亲密的"朋友"多多——一条苏格兰牧羊犬。

甜甜已经是西安交通大学的一名博士研究生了。当她选择专业方向时，导师征求她的意见，她毫不犹豫地答道："树轮！"在她选择导师时，导师也同样干脆："找你爸爸去。"甜甜自上小学起的每个假期，基本上都是跟着爸爸去野外，海拔4000米的高山，仅在青海就爬过好几座，山西、陕西、青海、宁夏、内蒙古跑了个遍，就连爸爸1993—1995年在美国亚利桑那大学国家树轮实验室做访问学者，甜甜和妈妈也随着去了。

1994年，安芷生到美国亚利桑那大学，访问这里世界顶尖的树轮实验室，顺便看望他十分关心的学生刘禹。

那时候，国内从事树轮研究的全部加起来也只有6个人（到2019年，全国有接近300人从事这项研究）。安芷生希望在黄土室打造一个中国的树轮研究高地。当他看到刘禹在美国学习工作进步飞速时，内心十分喜悦。然而，当听到美国同行对刘禹赞许有加，并让刘禹自己决定未来去向的时候，他又满脸凝重，若有所思，以至于在随后的访问参观中一直心不在焉，闷闷不乐。

终于，安芷生临回国前，向实验室主任马尔科姆·休斯摊了牌，他说："你们一定要让刘禹回中国！"

休斯回答说："我们只能尊重他的选择，不可能把他押上飞机，强迫他回去。"

其实，在这之前，美方教授已经建议刘禹改变访问学者的身份，留在美国继续学习。

刘禹一家很喜欢那里的生活，比起国内来，那里的条件还是非常优越的，甜甜和妈妈都有留下来的想法。可是，刘禹不能。"因为我答应了安先生要回去的。"刘禹说。

"这里固然很好，可是中国的空间更大，我越做越迷恋它（树轮），就像热爱我们的国家一样，这是一个人的根基和追求。"刘禹给她们讲道。

甜甜似懂非懂地顺从了爸爸的决定。

至于小狗多多，它是刘禹最忠诚的"朋友"。刘禹说："人是孤独的。当你干了一天活回来，最快乐的事情是一进门，它便跑上来亲昵地和你打招呼。夜深人静时，去花园里遛它，踩着明月星光，是那么惬意，孤独中的惬意。"

刘禹还说："我的床是榻榻米式的，四周没有遮挡，多多静静地守候在一旁，乖极了，时不时把嘴巴搭在床边，任由我抚摸它的头。"

"哦，怎么说呢？和它相处的时刻才是我一天中最惬意的时刻！"刘禹再次发出感叹。

青海湖

　　浩瀚的青海湖是我国内陆第一大湖泊，也是我国最大的咸水湖，面积约4583平方公里，差不多两个太湖的大小。湖面东西长，南北窄，略呈椭圆形，乍看上去，像一片肥大的杨树叶。青海民间流传着这样的话语："身背炒面绕大湖，跑垮好马累死鹿。"藏语叫它"措温布"，意思是"青色的海"；蒙古语称它为"库库诺尔"，即"蓝色的海洋"。

　　美丽的青海湖是大自然赐予青海高原的一面巨大的宝镜，清澈碧蓝的湖面上那微微泛动的波澜，似乎在悄声述说着一个古老的传说。四座巍巍高山犹如四幅高耸的天然屏障，将它紧紧环抱。从山下到湖畔，都是广袤平坦、苍茫无际的千里草原，而烟波浩渺、碧波连天的青海湖啊，如同一个巨大的翡翠玉盘镶嵌在高山、草原之间，构成了山、湖、草原相映成趣的壮美风光和绮丽景色。

　　神秘的青海湖在不同的季节里，景色迥然不同。夏秋季节，青海湖畔山清水秀，辽阔起伏的草原给它铺上一层厚厚的绿色绒毯，数不尽的牛、羊、骏马犹如五彩斑驳的珍珠撒满草原，湖畔大片大片整齐如画的农田麦浪翻滚，菜花泛金。而寒冷的冬季到来时，青海湖冰封玉砌，银装素裹，恰似一面巨大的宝镜，在饱满的阳光下熠熠闪亮，终日放射着夺目的光辉。

在科学家的眼里，青海湖是敏感而多变的。它坐落于青藏高原东北缘，东邻黄土高原，西连荒漠和沙漠，处于东亚季风湿润区和内陆干旱区的过渡带上，对气候和全球环境变化十分敏感，是研究我国西部环境变化、青藏高原隆升、环境效应及其与全球联系的极佳场所。对青海湖实施国际大陆环境科学钻探，将为青海湖地区环境的形成演化、生态环境的退化治理与重建、环境承载力的查明，为我国西部大开发和可持续发展提供科学的决策依据，为我国干旱半干旱地区生态环境未来演变趋势的预测作出重要贡献。同时，这一项目的实施将有助于进一步拓宽国际合作渠道，开展以我国大陆季风-干旱环境演变与发展过程为纽带的高层次综合集成研究，争取在大陆环境科学研究领域取得更高水平原创性成果，提高我国地球系统科学研究的水平。

为此，以安芷生院士为代表的科学家们天天琢磨，四海取经。但因为经济实力所限，他们想出了一个个主意，又一遍遍地自我否定。要在如此大的湖面上打钻，可不是一件简单的事情。

最终，经过安芷生、王苏民、沈吉、李小强、宋友桂、李力等人的反复论证，他们决定向国际求援，申请国际大陆科学钻探计划（International Continental Drilling Program，以下简称ICDP）项目。

刘东生曾经向ICDP申请过青海湖钻探项目，但没有批下来。他们首先把刘东生的案例好好研究了一番，寻找当初申请失败的原因。原因找到了，是因为当初地层物理勘探做得不够。所以，安芷生决定先给沈吉20万元，让他负责把地层物理勘探做扎实，而且一定要知道从哪打下去最好，打下去多深是沉积物，而不是石头或者别的什么东西。沈吉从20万元里拿出5万元来，先给中科院南海海洋研究所（以下简称南海海洋所）的张毅祥做早期勘探，其他工作按计划展开。

其实，地球环境所在2001—2003年间，先后4次组织有关单位进行了覆盖全湖、累计达1100公里的地层物理测线调查，弄清了青海湖的地质构造与沉积特征，初步确定了钻孔的钻位，并于2003年10月在西宁召开了有十余个国家参加的青海湖国际环境钻探会议，进行了充分论证。为了向ICDP提交申请书，他们这次做了更加详细周密的地层物理勘探。

这次安芷生又拿出了他一贯的严格和耐力，拿出了他"十年磨一剑"的精神，精益求精，这一组数据或许就是写照——

2001年，第一次地层物理勘探结果回来了，安芷生说不够，打了回去；2002年第二次；2003年第三次……直到最终勘探结果做得完完整整了，安芷生才点头叫停。

地层物理勘探的过程并非一帆风顺。因为高原气候说变就变，在一次考察中，李小强、宋友桂、沈吉、王苏民和南海海洋所的叶春在青海湖上就遭遇了湖面气候的突然变化，湖中掀起的巨浪多次都差点把他们乘坐的船打翻，最终他们凭借着沈吉和宋友桂胆大心细的指挥，才化险为夷。

"保住了小命！"宋友桂想起那晚的历险记，由衷地感叹道，"至今还有些后怕。"

2003年10月，最终的论证大会开始后，沈吉先作了一个青海湖的背景报告，南海海洋所的王平作了地层物理勘探报告，主报告由安芷生完成。最终这一国际大陆钻探计划一次性通过了评审，他们先拿到50万美元作为启动经费，并敲定了有关事宜。

此次钻探，无论是设备还是操作者的技术，在当时来说都是国际上最先进的。由ICDP指定，美国著名的湖泊钻探公司DOSECC提供GLAD800型全球湖泊钻探系统。系统被装成12个集装箱，从美国盐湖城运到了中国天津港，再由12台大卡车拖到了青海湖岸边，然后在湖面上组装成一个宽敞精美的平台。潜水员和钻探工人更是个个膀大腰圆，酷似"超人"。所有的人都连连叫好！

安芷生吩咐将青海湖岸边一座三层小楼全部装上抽水马桶、淋浴间；架起电线、通信设备，保证手机有信号，方便办公联络；又建造了一个小码头，三班倒轮流作业。最关键的给养和后勤保障，由地球环境所党支部书记祝一志总负责。

王苏民老师担任现场总指挥，李小强是地球环境所队伍的负责人。地球环境所、南京湖泊所、南海海洋所三家联合，于2005年7月21日开钻，至9月5日结束，历时47天。

由于青海湖辽阔浩渺，多风，容易起浪，气候条件恶劣，加之地理条件复杂，在湖上做钻探任务非常艰苦。最终在中美双方的努力下，大家克服了重重困难，分别在青海湖东盆、南盆湖面等5个地点钻取了13支岩芯，累计进尺324回，共547.855米，取得岩芯323.255米，整体岩芯取样率为59%。通过对岩芯的研究，他们发现了季风气候和西风气候在冰期旋回和冰期的千年突变事件中存在着反相关关系。相关文章发表后，受到了学术界极大的关注。

后来，为了更好地进行对比以及弥补湖上钻探的不足，地球环境所又在青海湖南岸的二郎剑进行了陆上钻探。此次钻探工程由青海省核工业地质局矿产勘察大队第一勘察队负责，自2005年4月22日开始，到9月11日结束，进尺1108米，岩芯取样率达99%以上。2005年10月底至12月初，他们在距二郎剑西侧10公里处的一郎剑，再次获取648米的岩芯。

只有香如故

广袤、苍阔、神秘莫测的罗布泊曾经是我国西北地区最大的湖泊，然而，它一点点地干枯了，它的干枯与西北干旱化之间的关系一直是个科学之谜。

2003年10月30日，中央电视台《新闻30分》《新闻联播》栏目组组成一支报道团队，历时15天，行程1600公里，横向和纵向两次穿越罗布泊，现场报道了"我国大规模的罗布泊环境钻探"科学项目实施情况。实施这一科学项目的是地球环境所的科学家们。首席科学家为安芷生，具体负责人有方小敏、鹿化煜、刘卫国、孙千里、常宏等。

北纬40°、东经88°，在若羌去米兰的公路上，科学家们向中央电视台新闻部记者崔霞女士介绍说，这个地方早在几百年前还是罗布泊的一部分，那时候这里是滔滔湖水。崔霞感到非常惊讶。

崔霞一行从若羌出发，向西又向北到达米兰古城，再继续向北，到了喀拉和顺湖。科学家们准备在喀拉和顺湖打一个50米的浅钻，在罗布泊中心打一个250米的深钻和一个50米浅钻，以期恢复这个地区几百万年来的区域生态环境记录。

"这是我国科学家首次在无人区进行环境科学钻探。"当崔霞的报道在中央电视台播出后，人们期待看到更多的内容，因为罗布泊在中国人的心中象征着神秘和遥远，那是没人能够进入的"无人区"。

科学如同探险！从罗布泊到楼兰古城，虽然看不到一块石头，但是，罗布泊特有的盐壳却和石头一样坚硬。常宏说："罗布泊干枯后，土壤中蕴含的大量盐类物质在地表迅速结晶，膨胀，高高耸出地面，像被刚刚犁过一样，有的盐壳竟高出地面半米多。"

"今天，罗布泊入秋以来最大的一次大风降温天气来临了，温度一下子下降了10℃—16℃。"崔霞的报道牵动着亿万人的好奇心。

鹿化煜病倒了，但他每天夜里输液，白天照样到现场。

方小敏和孙千里、常宏在距离楼兰古城30公里处，发现了一处湖泊沉积的天然剖面，他们经过考察后发现，楼兰地区在近1万年以来是波动变干的。因为这个剖面是由不同颜色的湖泊沉积堆积而成的，它从下往上，显示了这个地区湖水波动退缩的过程。于是，他们立刻对这个天然剖面进行了初步的沉积学分析，并从这个剖面的三个不同层位上采集了三块有代表性的样品。

这个剖面最下面的青灰色层是由长时间浸泡在水里的粉砂黏土沉积而成的，说明当时的水是比较深的，而且积水时间比较长；上面一层的黄绿色和白色交替出现的地层，是盐沙交替出现的结果。

"黄绿色的沙层代表有水的年份，白色的盐层代表水少的年份。黄绿色和白色交替出现，表明这一时期水深水浅是不断变化的。最上面红褐色沉积物是泥沙氧化的结果，这表明当时泥沙已经裸露出水面，水已经相当浅了。从这些样品可以初步估计，这个地区在最近2万年—1万年以来，是一个波动变干的过程。"跟踪报道引起了更多人的关注。

"于是，科学家们提出，当年楼兰古城是在水源充足的古孔雀河下游三角洲地带建立的，"崔霞在荧屏上说着，"……然后，科学家们对照罗布泊地区卫星地貌复原图推断，楼兰古城既不是依湖而建，也不是依孔雀河而建，而是建立于孔雀河下游三角洲地带的一处高地上。"

"而这里比现在干枯后的罗布泊湖底高出近30米，是附近最高的地方，古孔雀河的一条支流由西向东穿城而过。"这是方小敏的镜头。他说："在这个河道旁边我们还可以看到，一级、二级、三级，至少三级阶梯，我们把它叫作河流阶地，在阶地上面可以看到当时河底干枯之后的破裂纹，这是当时河的一个象征……"

崔霞报道："1901年，瑞典人斯文·赫定（Sven Hedin）曾经提出罗布泊是一个会移动的湖，100多年来，这一理论的支持者和反对者一直争论不休。而地球环境所的科学家们发现了罗布泊变迁的直接证据。"

方小敏继续说道："喀拉和顺湖与罗布泊的关系，就好像长江上的鄱阳湖和洞庭湖的关系，长江把两个湖串联起来，你不能说洞庭湖和鄱阳湖是一个湖泊。"孙千里接着说："如果罗布泊是移动的话，湖水干枯，这个地方的沉积物就会产生间断，这要具体情况具体分析。"

10月29日，他们再一次从新疆若羌出发，考察了罗布泊地区的戈壁、沙漠、雅丹风蚀地貌。他们对罗布泊湖心地区的地质地貌以及米兰古城、楼兰古城等进行了考察，总行程1800多公里。科学家们预测：青藏高原的隆升抬高了罗布泊西南面的湖底，致使湖泊向北迁移。并且，科学家们还预测，随着青藏高原隆升，罗布泊由南向北迁移，干旱化逐步加剧，最后导致整个湖泊干枯⋯⋯

　　科学家们要走了，冬天也眼看着来临了，西北风呼啸着，天气一天比一天寒冷。孙千里看着守在钻机旁的常宏，心里涌上股股感动和酸涩——

　　孙千里说："谁都知道，地球环境所最苦最累的活，一定是他干；最远最艰苦的野外，一定是他去。有时候，别人会通融一下，会解释说有各种各样的事，但他不会。一说起来，他就说自己在地质队干过，身体好。大家叫他'野外能手'⋯⋯"

　　孙千里说到动情处，眼睛有些潮湿："常宏也真能坚持，考地球环境所就考了两年。'我就是要来这里！'他很坚定。5000米海拔的高原，一个人干活是常有的事。在罗布泊，他守了整整一个冬天，对象也跟他吹了。"

　　寒冷、广阔的罗布泊，只剩下了常宏一个人看守钻机。
　　他们说，常宏能吃苦。
　　他们说，常宏身体好。
　　他们说，常宏好酒量，一个人喝倒18个。
　　他们还说，常宏不计较⋯⋯
　　可是，他们不知道，这里荒凉浩渺，只有长风怒吼；他们不知道，已经30岁了的常宏，刚刚有了心仪的姑娘，他们要去约会、看电影，需要花前月下，美丽的姑娘不理解，要跟他计较；他们不知道，漫漫寒冬两三个月之久，是多么寂寞啊……

可常宏没有说一个"不"字。谁也不知道他心里都在想什么。

然而，说起安芷生来，常宏什么都知道。常宏说："先生是我敬重的人。他是我的导师和引路人，我对他很敬佩，但他不是我学习的榜样。因为他太苦自己了，一生只为一件事——科学。他的生活过度单调，他太对不起他自己。"

在大家眼里，最苦自己的人应该是他常宏呀，可他却觉得跟安芷生比起来，自己要享受得太多了。

下面是常宏的讲述——

安先生不喝酒，不吃宴席，没有娱乐，99％的时间都在工作，他真的是不爱钱的人。虽然我给他当学生这么多年了，但是我确实做不到他那样，他是我敬重的人。令我奇怪的是，他能想到别人，却想不到自己。他的两个女儿都没跟在他身边长大，别人的孩子，他却都牵挂着。

地球环境所里的人，离开地球环境所的人，很多人都由衷地爱戴他，喜欢他，可也怕他，因为他总要问你科研做得怎么样了。鹿化煜就曾说过："先生让做啥，你就第一个做好，省得他操心。"

他操心的事太多了，你做不好，让他回头再做，不是浪费先生的时间吗？先生的时间太珍贵了，不能浪费他的精力。

说实话，我们有时候并不是为了什么远大理想，而是为了别再让他操心了，才把工作做得尽可能好一点的。

每个研究方向都是他给我们布置，连课题都是他给我们选定的，他教我们"从小处着手，大处着眼"。他常说："你先看你的这个小问题有没有意义，小问题能不能对这些学科有一个促进作用。从小处着手把问题解决了，大问题自然打通了。"

记得我申请第一个课题时，我做的是青藏高原研究。因为我是做地质构造的，为了拿到项目，我就把课题名提得很大，准备做"青藏高原晚新生代以来的隆升阶段"研究。

那天，我把提纲弄好后，拿给他看。

"你这个不行。"看第一眼他就给毙了。

"你想想，晚新生代以来的青藏高原，这范围太广了，而你把它说得这么大，为的是听响声吗？你不可能把它做好。"他说。

接下来，他就开始给我讲："你把它做小一点，就做青藏高原一个小的山脉，做它们在晚新生代以来的隆升过程，并且点明你用什么方法。以后再考虑整个青藏高原，它不是你现在要考虑的问题。"

我一听，豁然开朗！

那时，我们都还年轻，他教我们要学习别人的优点，尊重别人以往的研究结果。在申报中美"晚新生代以来塔里木盆地气候影响与青藏高原生长"项目时，他说："一定要读一读李吉均先生的文献，看看人家最早是怎样把传统的戴维斯构造地貌演化与古气候联系起来的。人家是在季风区边缘，而塔里木盆地在西风区，虽然气候系统有差异，但方法是可以借鉴的。"

"再看看水汽又是哪来的，看看汪品先先生的文献，看人家2009年的那个综述。"他说。

……

常宏还想到在国际大陆钻探工程前夕，安芷生曾说："我们现在研究陆地干旱气候变化，那么陆地上的水汽是从哪里来的呢？陆地上的湖泊才多大，大部分水汽还是从海洋中蒸发而来的吧！咱们要慢慢地把海陆结合起来。海洋研究，我们没有人做，海洋这个学科方向要有人做。你们说谁这块做得好，我们要招年轻人进来。"后来晏宏就被招进来了……

在罗布泊，在无人的夜里，常宏对安芷生的认识豁然开阔了——

安芷生的纯粹，简直到了单纯的地步！安芷生无论遇到谁，哪怕是一个少不更事的儿童，只要你肯提问题，他都会很认真、很诚恳地回答你，说明安芷生没有把自己看得很高。他作报告，你尽可以随便打断，他马上认真地为你解说答疑。他在努力地寻找着真理，他的乐趣就在于寻找真理的过程。

常宏一边散步一边思考，寒风中皲裂的冻土上开出了一朵小花来，这一定是罗布泊特有的寒梅：任凭寂寞，只有香如故！

第七章　与蓝天白云相约

Chapter Seven

退耕还林还草

进入21世纪以来，中科院学部启动了"西部大开发中的生态环境建设和产业结构调整咨询建议"研究项目。项目组成员有安芷生院士，北京地理所陆大道院士，中科院寒区旱区环境与工程研究所（以下简称中科院寒旱所）程国栋院士，地矿部刘宝珺院士，青海盐湖所张彭熹院士，以及中科院-清华大学研究中心胡鞍钢先生、王毅先生，还有成都山地所的张信宝教授等，蔡演军博士负责办公室工作。经过两年的调查研究，项目组于2000年9月26日向国务院呈送了《西部大开发中生态环境建设和产业结构调整咨询意见》报告，该报告提出了很多可行的实施建议。

黄土高原是中华民族的摇篮和中华文明的发祥地之一。史前时期，黄土高原自南向北曾显示出从森林向草原变化的地带性植被景观。同时，黄土高原塬、墚、峁、沟谷和土石山区的差异分布以及黄土疏松等基本性质，导致局部呈现非地带性的植被景观。例如，应拥有草原地带性植被的黄土高原北部河谷中，由于温度、湿度较适宜，仍有非地带性的森林植被。由于人类不合理的开发和战争的浩劫，黄土高原绝大多数地区的自然植被已被破坏殆尽，水土流失严重，群众生活贫困。新中国成立以来，国家不断加大投入，开展对黄土高原水土流失的治理，并取得了巨大的成绩，但造林建设一直是水土流失治理的薄弱环节，数次大规模林草植被建设均收效甚微。究其原因，一是当时农民的温饱问题尚未解决，滥牧、滥垦、滥伐现象无法杜绝；二是植被建设的利益驱动机制尚未建立，很难调动群众封禁退耕的积极性；三是对黄土高原自然条件的特点认识不足，措施不当，人工林草往往经不起时间的考验。为此，在20世纪90年代初，林本海和刘荣谟研究员对洛川剖面S_1、L_1和S_0黄土-古土壤剖面进行稳定同位素$\delta^{13}C$测定，李小强研究员进行了全新世古土壤花粉的基础研究，发现即使在过去温暖的间冰期，黄土高原塬面上仍是以灌木和草本为主的C4植被占优势。这就表明黄土高原塬面恢复植被时，它的自然承载力适宜草原植被，而不是森林植被。他们向当时陕西省主要领导报告，指出木本森林植被宜在河谷洼地中重建。

中央对黄土高原水土流失采取"退耕还林还草"的战略对策后，黄土高原的植被和生态环境有了大幅度改善。但退耕还林还草政策对农民的补贴仅有7年的限期，因此中科院学部启动了一个进一步贯彻退耕还林还草的咨询项目。该项目由地球环境所安芷生院士牵头，水利部水土保持所山仑院士和田均良教授，西北大学张国伟院士和南京大学薛禹群院士以及成都山地所张信宝教授等参加。经过一年多的野外调查，项目组于2002年11月向国务院提出了《关于进一步在黄土高原贯彻中央退耕还草方针的若干建议》，该建议分析了退耕还林还草政策实行以来的形势、成绩和问题，提出了"遵循自然规律，因地制宜，宜林则林，宜草则草"的建议，并提出了两个关键问题：第一，中央政府对农民补贴不能局限于7年，如仅支持7年，农民就会继续垦荒放羊，这样就会前功尽弃，只能延长补贴期，给农民一个长期"休养生息"的机会；第二，植被重建应强调"植被自然恢复"的重建原则，而不是从外地引进树种草种等。该建议引起国务院的高度重视，国务院决定即时延长农民补贴期，并在植被重建中强调了植被自然恢复的重要性。该建议被纳入国务院2002年12月6日发布的《退耕还林条例》第五条第三部分，具有普遍的指导意义。后来，政府制定了在更长的时间内继续向退耕还林还草地区给予财政支持的政策。这一政策以保护生态环境、改善人民生活为目的，其实质是对黄土高原农民的"休养生息"，是一项符合国家长远利益，敢于对历史和未来负责的务实工作。

2001年3月，第九届全国人民代表大会第四次会议上，周卫健院士结合地球环境所和自己长期研究地球环境变化的专业成果，坦言："我国西北干旱区的形成是亚洲和全球气候环境长期演变的结果，自然环境状况决定着我国西北现今的沙漠、黄土、草原和森林等生态景观的分布格局。""恢复人类破坏前的自然面貌是西部环境治理的基本目标，这也是因为我国西部自然植被带是长期历史演化的结果，不是人为想改变就能改变的。过去是草原的，应该将它恢复成草原；过去是森林的就恢复成森林；是沙漠的就让它是沙漠……这就是西部的山川秀美。"

会议结束后不久，地球环境所向中央提交了由安芷生院士、周卫健院士、蔡演军研究员起草的《自然过程和人类活动对我国西北地区生态环境的影响》报告。该报告提出："我国西北干旱区的形成是亚洲和全球气候环境长期演变的结果，自然环境状况决定着我国西北现今的沙漠、黄土以及草原和森林等生态景观的分布格局。年降水量200—400毫米的半干旱草原带和风力搬运的粉尘堆积而形成的黄土高原地区，生态环境脆弱，对人类活动极为敏感，应视为治理我国荒漠化、沙尘暴源区和水土流失的重要地区。生态环境建设中的植被应遵循自然植被分布的地带性特征。人类活动和城市效应对大城市中大气颗粒物的污染有重要贡献，只要加大治理力度，是可以改善的。"

出于对地球环境和人类历史的认识，他们主张植被重建和其他环境保护要打持久战，不能指望一代人、两代人就能实现；生态环境治理不仅要有科学的态度和方法，还要给当地群众带来经济利益；要进行环境保护的思想教育，这是世世代代的任务。周卫健认为，当下要做的工作就是"摸清家底"，研究清楚过去这一地域的生态环境，清楚哪里适合种树，哪里适合栽草，为有效治理环境、恢复生态提供科学依据。

地球环境所刘禹所带领的树轮研究组经过多年研究，发现我国半干旱区最近400年季风气候变化与东亚季风强度变化一致，并通过贺兰山树轮序列的毛毛虫分析，预测了10年尺度半干旱区的降水变化，其预测结果是当时研究半干旱区气候变化的"973"计划项目中唯一得到验证的，好于其他模拟预测的结果。因此，2004年2月19日，安芷生、刘禹、钱维宏、周卫健、史江峰、蔡秋芳、蔡演军提交了《我国北方夏季风边缘地区未来10年降水趋势预测》报告。该报告引起了中科院和陕西省领导的高度重视。

以地球环境所为代表的科学家们根据基础研究成果，针对西部大开发、黄土高原和干旱-半干旱区生态环境保护，向中央和地方政府提交了一份份切实可行的科学咨询报告，为我国西部和黄土高原生态环境保护和可持续发展对策的制定作出了不可或缺的贡献。

但这些科学家并没有满足已有的成绩，在时任中科院副院长丁仲礼支持下，他们于2011年重新启动了"黄土高原及周边沙地近代生态环境的演变及可持续性"基础研究项目。该项目以地球环境所周卫健为第一项目负责人，联合了水利部水土保持所和中科院寒旱所等单位，设立了7个课题和具体课题负责人——"黄土高原及北部沙地近代气候变化过程"，由地球环境所刘禹负责；"黄土高原近代生态环境的高分辨率记录与重大事件"，由地球环境所金章东负责；"近百年黄土高原侵蚀环境与水沙变化"，由水利部水土保持所穆兴民负责；"近代毛乌素沙地沙漠化过程与突变事件"，由中科院寒旱所靳鹤龄负责；"近500年河西走廊及邻近沙漠生态环境演变的过程与机制"，由中科院寒旱所冯起负责；"近代黄土高原生态环境演变过程的断代与示踪技术"，由地球环境所刘卫国负责；第7个课题"区域生态环境演变的自然和人为因素、可持续性与适应对策"，是整体研究的成果总结，由地球环境所周卫健院士负责。安芷生的博士后金钊担任该项目的秘书。

金钊在这个项目上的收获很大，他突然找到了自我。"过去一直在摸索，总不明确一个做现代生态环境研究的人，在以第四纪为研究对象的地球环境所，到底该以什么作为自己的科研方向。通过参加这个项目，我最终确定了自己接下来要做'黄土高原生态环境变化与治理及可持续发展'项目。我后期所有的工作都是从这个项目开始的，这个项目为我后续的发展打下了良好的基础。"金钊兴奋地说着。

金钊是从2008年开始，跟着安芷生做博士后的。第二年，安芷生让他做"晚新生代以来我国季风干旱环境耦合系统演变动力学"这个"973"计划项目的秘书。可金钊是研究现代生态环境方向的，完全不懂第四纪。"黄土高原原来是风吹来的？"他连听都没听说过。

金钊边工作边学习，他下载了一个地质年代表挂在墙上，随时看。

这个项目从申报到完成共用了5年时间，项目的成果最终被评为优秀并获得国家自然科学奖二等奖。

"这是很高的奖项！"金钊说，"这项目对我的影响非常大，大大拓宽了我的视野和知识面，我成了做现代生态的却也懂第四纪的人。通过这个项目，我认识了很多大科学家，我的知识结构、组织能力和写作水平也都得到了很大的提升。"

凭着这两次做项目秘书的锻炼，金钊的第一个国家自然科学基金项目批下来了。而且，一年后他又拿到了第二个项目，而这个项目就是他在做"黄土高原与周边沙漠"研究时受到启发的。他因地制宜，确定了有关植树造林、固沟保塬的"黄土高原地区自然和人为生态环境效应"课题。

金钊所选的甘肃庆阳南小河沟地区杨家沟和董庄沟这两个试验基地，就是他当项目秘书时发现的。杨家沟1954年开始栽树，现在这个沟成了小流域，既没有泥沙，也没有水泛滥，绿油油一片树林；董庄沟荒草覆盖，泥沙、水都泛滥，可进行对比研究。

通过考察和研究，金钊认为对于黄土高原应采取分类分区治理，并指出了沟谷控制泥沙的重要性，"沟谷温度高，水分大，适宜植树控制泥沙下泄"，这是金钊的观点。

"过去有一句谚语：'八百里秦川，比不上董志塬的一个边。'可是，近几百年来，董志塬像一片桑叶，一点点地被蚕食了。从1000多年前的唐朝开始，庆阳一天天在退化。它本是陇东粮仓、石油基地，因为自然和人为的侵蚀，董志塬逐渐萎缩。所以，要科学地采取生物和工程措施，植树造林（草），固沟保塬，治沟造地……"金钊自豪地讲述着他的宏伟计划。

治沟造地

21世纪初，地球环境所通过"院士咨询"渠道，向中央提出我国西部和黄土高原植被重建的方针，并指出淤地坝是生态建设的突破口，要处理好植被建设和土地合理利用的关系等。近几年，地球环境所又一次根据黄土的基本性质和原始地貌形态，从物理学角度论证了治沟造地的科学性，提出墚峁区为适宜开展治沟造地工程的重点区域。

地球环境所陈怡平研究员分析研究了其他国家的事例，他发现以色列降雨量比我们还低，可是以色列人利用物理学原理，减少势能差，保水保肥，使其土地利用率比黄土高原高出很多，号称"在沙漠上种庄稼"。

陈怡平等的研究取得了很好的成绩，并在《环境科学与技术》（*Environmental Science & Technology*）上发表了文章。文章论证了减少势能差有利于减少水土流失，是实施治沟造地工程的物理学本质。这一研究成果在学术界引起了很大的反响，有关部门对此高度重视。

为了认识退耕还林还草与治沟造地的关系，有序推进治沟造地工程，2014年5月，在陕西省有关部门统一协调下，周卫健院士和安芷生院士组织了20余位专家学者，对以塬、墚、峁地貌形态为特征的黄土高原进行了考察。他们考察了小流域治沟造地和坡地退耕还林还草两种工程模式，学习地方干部、群众和科技工作者的先进经验，结合自身多年来对黄土高原环境变化、水土流失和生态治理的研究成果，提出了实施工程的科学依据和具体建议，并向科技部和中央提交了报告。

2014年6月20日，地球环境所周卫健、安芷生两位院士向中央提交了《实施与"退耕还林还草"并重的"治沟造地"重大方针的建议》报告。该报告提出四个建议：适时将治沟造地工程提升为与退耕还林还草并重的黄土高原生态治理的重大方针；将黄土高原中北部和西部墚峁地区作为开展治沟造地的重点区域；在黄土高原墚峁区积极有序推广小流域治沟造地工程，谨慎有序推广高地削峁建塬发展城镇化的模式，但要优先考虑该地区水资源保障条件；及时对适宜开展治沟（填沟）造地工程的区域进行总体科学规划、遥感制图和信息决策系统等的立项研究。

2014年9月，安芷生、周卫健两位院士向国务院提交了《黄土高原"治沟造地"科学模式与工程示范》报告，该报告建议要及时开展黄土高原治沟造地科学模式与工程示范研究。

正当安芷生、周卫健院士准备向科技部申请一个与治沟造地工程相关的方向作为重点研究项目时，2015年，中科院给了地球环境所一个"科技服务社会"项目，项目负责人为陈怡平。该项目的研究方向为评估延安治沟造地的科学性，考察生态环境效应以及评估粮食增产潜力。

忙碌的日子开始了。

陈怡平选择了延安市安塞区高桥镇南沟村作为试验点进行土壤改良研究，并与当地政府合作，建立了延安南沟生态试验站，主要开展黄土高原新造耕地质量评价、改良技术及生态农业研究。金钊、王云强和余云龙等选择了延安市甘谷驿镇顾屯造地和未造地的流域作为对比观测区，并从农民手中租赁了一个废弃的窑洞院落，将其建设成一个独具特色的延安治沟造地综合观测试验站。

为了节约开支，金钊购得水利部出版的一本《测流规范》后潜心学习，自己设计、画图，亲自采购仪器设备。他们根据设计，在不同方位建设了4个水文站、4个地下水位观测点和4个气象观察点，并建了3个平时不多见的大气二氧化碳和水汽通量观测塔，2015年中秋节时竣工。王云强还选择了洛川黑木沟作为黄土高原塬区关键带的观测站点。

他们身居黄山坳、土窑洞，却是信息传播灵敏的科学"据点"，德国、澳大利亚、印度、巴基斯坦、美国、意大利等国家的地球科学家纷纷来到这里，交流，取经，寻求合作。

26字方略

随着黄土高原退耕还林还草工程、治沟造地工程等生态环境建设的深入推进，严重的水土流失等一些老问题初步得到解决，但又面临大规模退耕后粮食安全、人地协调困难等一些新问题，亟须统筹兼顾、长远谋划、综合治理、科学施策。为此，中科院学部于2015年12月设立了"黄土高原生态环境综合治理方略"咨询项目，由周卫健、安芷生牵头，组织了30余位院士和黄河水利科学研究院姚文艺总工程师，北京师范大学刘宝元教授、史培军研究员和长安大学彭建兵教授等专家，经过实地调查研究和反复研讨论证，于2018年9月10日向中共中央、国务院提交了咨询报告——《关于新时代黄土高原生态环境综合治理方略的建议》。

报告系统梳理了新中国成立以来黄土高原生态环境治理的历程与成效，剖析了当前面临的主要问题与挑战，结合我国多年对黄土基本性质、原始地貌形态、物理学特性以及黄土高原环境变化、水土流失和生态治理的研究成果，形成了新时代黄土高原生态环境综合治理的"塬区固沟保塬，坡面退耕还林草，沟道拦蓄整地，沙区固沙还灌草"的"26字方略"。该方略与20世纪80年代朱显谟院士提出的黄土高原国土整治的"全部降水就地入渗拦蓄，米粮下川上塬，林果下沟上岔，草灌上坡下坬"的"28字方略"（"28字方略"在指导当时黄土高原旱作农业方面发挥了重要作用）有显著不同，"26字方略"针对新时期风沙区防护林缺水退化、黄土区塬面萎缩、沟道防洪能力下降、陡坡陡沟土壤侵蚀依然严重等突出问题，全面贯彻"工程与生物治理相结合"和"分区分类、因地制宜"的治理方针，并坚持沟坡同治、"三生"兼顾的原则，是新时代黄土高原生态环境治理的综合途径。

该报告在"26字方略"的基础上，进一步提出如下对策建议：一是将黄土高原也即黄河大拐弯地区建成我国西北乃至北方生态文明与乡村振兴国家战略示范区，充分利用该区自然条件相对较优、工农业基础较好的优势，发挥其引领西北生态经济协调发展和提升生态环境屏障功能的重要作用；二是加快创建黄土高原生态环境综合治理科学范式，积极实施"26字方略"，全面贯彻"工程与生物治理相结合"和"分区分类、因地制宜"的治理方针；三是推进黄土高原生态环境综合治理系统工程，并列入国家重大工程项目，延长退耕还林还草优惠政策，创立黄土高原生态环境综合治理工程技术体系；四是创新黄土高原生态环境综合治理体制机制，完善资金投入模式，有效整合部门资源，统一自然资源管理，实行成效综合评估；五是加强治理技术研发、典型模式总结与区域推广，建设我国西北现代化生态经济体系、经营管控体系和模式推广体系。中科院地理科学与资源研究所刘彦随研究员在这一咨询报告的最终形成过程中做了很大努力。咨询报告提交以后，引起了水利部的高度重视，并得到陕西省政府的大力支持。

与蓝天白云相约

地球环境所在贯彻执行中科院"三个面向"（面向世界科技前沿、面向国家重大需求、面向国民经济主战场）的同时，依据自己的实际情况，着重在面向世界科技前沿和面向国民经济主战场两方面发挥自己的作用。地球环境所是做基础研究的，面向国际科技前沿是他们多年来身体力行的本职研究，也取得了非常可喜的成果。除了为国家和地方制定生态环境治理战略服务外，地球环境所发挥他们在黄土、粉尘和气溶胶研究方面的优势，在20世纪90年代就开展了沙尘暴和PM10（可吸入颗粒物，指环境空气中空气动力学当量直径小于10微米的悬浮颗粒物）大气污染成因和治理研究，而21世纪初则开始对PM2.5（细颗粒物，指环境空气中空气动力学当量直径小于等于2.5微米的颗粒物）造成的重霾事件加强观测，研究其成因并提出相应对策，并将它作为面向国民经济主战场的具体行动。

雾霾，是"雾"和"霾"的组合词。雾霾常见于城市中。中国不少地区将"雾"并入"霾"一起作为灾害性天气现象进行预警预报，统称为"雾霾"。

雾霾是特定气候条件与人类活动相互作用的结果。高密度人口的经济及社会活动必然会排放大量细颗粒物，一旦排放超过大气循环能力和承载度，细颗粒物浓度将持续升高，受静稳天气等影响，极易出现大范围的雾霾天气事件。

2013年，"雾霾"一词成为年度关键词。

仅这一年的1月，就有4次雾霾过程笼罩了全国30个省（区、市），在北京，仅有5天不是雾霾天。有报告显示，中国最大的500个城市中，只有不到1%的城市达到世界卫生组织推荐的空气质量标准。

2014年1月4日，国家减灾委、民政部首次将危害健康的雾霾天气纳入2013年自然灾情进行通报。

2014年2月，习近平总书记在北京考察时指出，应对雾霾污染、改善空气质量的首要任务是控制PM2.5，要从压减燃煤、严格控车、调整产业、强化管理、联防联控、依法治理等方面采取重大举措，聚焦重点领域，严格指标考核，加强环境执法监管，认真进行责任追究。

2016年12月，入冬来最持久的雾霾天气来临，北京、天津、河北、山西、陕西、河南等11个省（市）的多个城市达到严重污染，直至21日后半夜雾霾才自北向南逐渐消散。

那么，霾是怎样形成的呢？

大家能够达成共识的因素有燃煤、汽车尾气以及其他人为排放源，但是大家没有想到的是，霾的形成是一个很复杂的过程。大气里会发生各种各样的化学反应。比如，当阳光照射时，尾气中的易挥发性有机物发生光化学氧化反应，从而形成光化学污染，这也说明霾的形成不仅仅是人为因素那么简单。地球环境所黄汝锦研究员发表在《自然》杂志上的研究成果，告诉了大家到底有哪些方面的污染源，颗粒物在大气中又是怎样形成的，其中提到有机和无机二次污染物对形成雾霾的PM2.5贡献很大。

而地球环境所安芷生、张小曳和曹军骥早在2002年3月就有文章在国际学术杂志发表，并被收入《中国城市空气污染控制》一书中。文章开篇这样写道——

1997—2001年，地球环境所承担了一项联合国开发计划署（UNDP）的大气污染控制国别项目（CPR／96306／A／01／99），对西安的大气颗粒物污染进行了深入研究。安芷生和张小曳负责的项目组在大量采样和数据分析的基础上，采用与国际接轨的先进研究方法，全面分析了西安大气颗粒物中的各种组分及特征；运用了具有国际水平的"源解析"模式，较准确地解析出西安大气污染的主要来源及其相对贡献。该项目获得了1999年度陕西省科技进步一等奖，并受到联合国开发计划署的高度好评。该项目的主要结论是：全年西安总悬浮颗粒物（TSP）中只有约7％是来自城外的自然矿物粉尘输入，约93％源于西安近郊的各种活动。全年西安TSP中各种污染源的相对贡献是：燃煤颗粒物贡献约35％，城市易散性粉尘（包括扬尘、建筑尘、水泥尘等）贡献约15％，机动车产生的颗粒物贡献约20％，近郊农田及城市垃圾贡献约12％，约3％的颗粒物来源于非燃煤的其他工业过程，另外百分之十几的颗粒物来源于其他来源。

地球环境所专门成立了"大气化学与大气环境研究组"，自2001年以来，一直对西安大气颗粒物进行连续观测，从原来的研究TSP扩展到研究PM10，进而研究PM2.5。研究组记录了西安市自2003年至今每日PM2.5的观测数据，这也是中国最长的PM2.5连续日变化记录，中科院院长白春礼认为"这些数据为我国开展PM2.5研究的历史变化积累了非常重要的资料，具有科学上的前瞻性"。

曹军骥自1997年来地球环境所后，参与的第一个科研项目，就是跟着他的老师张小曳研究员上了青藏高原，研究大气粉尘的输送与沉降。

1999年，由安芷生推荐，曹军骥获得了联合国开发计划署"大气颗粒物污染控制能力建设"项目资助，去美国著名的大气颗粒物实验室学习。他格外珍惜这次学习机会，这个项目每个月资助他1500美元生活费，根据安芷生的建议，曹军骥硬是用3个月的生活费，在这里学习了6个月时间。他整天除了去实验室，就是去图书馆。美国教授朱迪·乔（Judith Chow）和约翰·沃森（John Watson）给曹军骥拟订了一个培训日程表，设置了每个阶段的科研目标，其中的第一阶段是称过滤纸的质量。曹军骥执着地把这项基本功练了两个月。两个月后，别人一天最多能称100张，他最多的一天竟然称了216张，破了该研究所的历史纪录。第四阶段是碳分析，他从未接触过，但他仔细看了标准操作程序后，第一天理解了原理，第二天就开始独立操作，月底还拿了实验室评比的第一名。这一结果让美国专家都吓了一跳，竖起大拇指夸奖："这个中国小伙儿太牛了！"

在这个世界著名的大气颗粒物实验室里，曹军骥把一整套实验流程都做了一遍。6个月后，他婉拒了美国导师的挽留，毅然回国。理由很简单："安芷生先生对我很好，他推荐我出国，我不能失信于他。"曹军骥说："做学问和做人一样，都要讲诚信！"

"小时候我们接受的教育是立志要做科学家，可并不知道这句话的真正含义。大学时我们忘了这句话，因为觉得科学家很神圣，高不可攀，离我们太遥远。直到1999年从美国回来后，我才明白了什么是真正的科学研究，也坚定了我走学术道路的信念。"曹军骥这样认为。

2000年曹军骥博士毕业前，受香港理工大学教授李顺诚（加州大学伯克利分校博士）邀请，到他的实验室做研究助理。

在香港工作的10个月里，曹军骥每天工作到深夜一两点钟，做科研到了入迷的程度："元宵佳节接到哥哥从国内打来的电话，我说我正在写文章，把他吓了一跳。"

项目要完成时，曹军骥在国际著名刊物《大气环境》（Atmospheric Environment）发表了一篇重量级的论文。作为国内较早进行大气碳气溶胶研究的学者，曹军骥的名字也随之在学术界叫响。

曹军骥从香港回到地球环境所后，安芷生提名他担任粉尘与环境研究室负责人。信心满满的曹军骥在安芷生的支持下，调整研究室主攻方向，引进和培养人才，建立了一支结构合理的研究梯队。

经过5年的努力，该研究室还从国外引进了两位学者，并将研究室的博士研究生以上的人员每人送境外培养至少三个月；研究室招收了印度籍和美国籍研究生来工作，以促进研究队伍的迅速成长。2007年，研究室获得国家"十一五"科技支撑项目和国家自然科学基金项目，经费有了大幅度增长。曹军骥本人在2009年被评为"国家杰青"。

曹军骥逐渐开始活跃于国际科研舞台上。2007年11月，他被亚洲气溶胶研究会选为执行委员，2009年又被推选为该学会的副主席，2012—2014年担任该学会主席。2010年他开始担任国际气溶胶学会的执委，2018年担任该学会秘书长职位，这也是国内学者首次出任。

他还获得亚洲气溶胶研究青年科学家（AYASA）奖，这是国内学者第一次摘取该奖项。同时，他还争取到第七届（2011年）亚洲气溶胶会议在中国西安的举办权。作为大会主席，2010年5月，曹军骥在西安主办了国际空气与废弃物管理学会第一次中国年会，来自39个国家的200余位国际空气污染领域专家参会。一些国际科学家好奇地问他："为什么你这么年轻，能有这些成绩？"曹军骥说："一是得益于国内外著名科学家的指点。安芷生先生带我进入黄土研究，张小曳先生将我引进粉尘黑碳研究，美国朱迪·乔和约翰·沃森教授将我带入大气颗粒物和PM2.5的研究。在我成长的每个转折关头，他们都起到了至关重要的作用。二是得益于中科院地球环境所，这里有优秀的研究团队、良好的学术氛围、和谐的工作环境，在这里能够快乐高效地工作。三是得益于自己多年瞄准主攻方向的不懈努力。"

从2014年开始，为促进清洁能源的高效利用，同时开发有效的环境空气污染控制技术，曹军骥联合美国明尼苏达大学裴有康（David Y. H. Pui）教授和西安交通大学陶文铨院士等，共同提出并建造了大型太阳能城市空气清洁系统西安国家示范工程。该工程基于研究团队对热流理论计算与模拟、国内外先进过滤技术、纳米光催化薄膜材料研发等技术的研究积累，实现产、学、研、用紧密结合，利用太阳能热流发电、颗粒物过滤以及纳米光催化气体降解技术，高效去除环境大气中的颗粒物及二次气溶胶形成的重要前体物（NOx，VOCs，SO$_2$等）。该工程由导流塔及集热棚两部分构成，占地面积2700平方米。净化塔塔体呈圆柱体，高60米，塔体内直径10米，为钢筋混凝土结构。集热棚顶部采用单层双镀膜玻璃顶，玻璃面层镀有光催化膜，可以催化降解NOx，减少积灰，增加玻璃的自洁性，从而有效提高透光率；顶棚四周设有3米宽的太阳能光伏板，用以发电。集热棚四周外墙采用空气过滤网墙，以过滤空气中的污染物质；棚内地面铺设碎石面层，储热并杜绝地面起灰对测试的影响。

陶文铨院士认为："该示范工程从科学技术上解决了热能高效利用、颗粒物分级过滤和污染气体纳米光催化降解的关键问题，为我国治理当前空气污染开辟了一条新的途径。"2018年3月，《自然》杂志作了《中国测试巨型空气净化器来对抗城市雾霾》（*China Tests Giant Air Cleaner to Combat Smog*）的报道，认为"该原型机提供了一种解决公共健康危害问题的新方案"。2018年底，该示范工程被美国媒体列入28项难以置信、可以改变世界的中国造创新工程之一，并与"中国天眼"、港珠澳大桥、"墨子号"量子卫星和登月等工程并列。

2017年3月9日上午，李克强总理参加了第十二届全国人大五次会议陕西代表团审议，中科院院士、地球环境所所长周卫健代表在这次会议上做了发言。她发言的主题是，建议集中多学科科学家攻克"我国北方雾霾的成因、发展趋势、环境影响与应对"的研究项目。

李克强总理对周卫健的发言给予了高度肯定。

"现在大家已经'吃得饱'了，更希望'活得好'。这就要求不仅吃喝要有质量，同时呼吸也要有质量，"李克强总理说，"我在国务院常务会议几次讲过，如果有科研团队能够把雾霾的形成机理和危害性真正研究透，提出更有效的应对良策，我们愿意拿出总理预备费给予重奖！这是民生的当务之急啊。我们会不惜财力，一定要把这件事研究透！"

"我相信广大人民群众急切盼望根治雾霾，看到更多蓝天、白云。这需要全社会拧成一股绳，打好蓝天保卫战！"李克强总理铿锵有力地说。

最近，地球环境所在20多年的研究基础上，通过系统总结国内外发表的大量有关雾霾成因的文章和最新认识，从大气化学与物理、气象、气候等领域雾霾研究最新进展出发，率先指出人为排放与大气过程相互作用的协同效应是我国北方冬季重霾形成和发展的关键原因。

安芷生、黄汝锦、李国辉、曹军骥、周卫健、石正国、韩永明、顾兆林、姬越蒙和两位美国科学家一起写作，并于2019年4月在《美国国家科学院院刊》上发表了该项研究成果。该研究成果是对"大气污染攻关"总理基金项目的积极响应和实践；强调了开展雾霾形成机制研究对制定有效合理的污染减排政策的重要性，对雾霾污染成因及今后研究重点和趋势提出了重要科学观点；对改善雾霾污染预警预测，制定合理有效的减排政策，以及提高公众环境保护意识均有重要意义。

第八章　卓越

Chapter Eight

追求卓越

2013年7月17日，习近平总书记在视察中国科学院时提出，中国科学院要牢记责任，率先实现科学技术跨越发展，率先建成国家创新人才高地，率先建成国家高水平科技智库，率先建设国际一流科研机构。

2014年8月，中科院"率先行动"计划开始正式实施。在操作层面，中科院将研究所分类改革作为改革的突破口、着力点和事关改革成败的核心与关键。研究所按照创新研究院、卓越中心、大科学研究中心、特色研究所四种类型划分，并根据不同的定位，实行不同的资源配置方式、管理方式和评价方式。四类机构中，卓越中心面向基础科学前沿，坚持"严格遴选、择优支持、成熟一个、启动一个"的原则。

2015年2月，中科院深入落实习近平总书记的讲话精神，对外发布了新时期的办院方针："三个面向"——面向世界科技前沿，面向国家重大需求，面向国民经济主战场；"四个率先"——率先实现科学技术跨越发展，率先建成国家创新人才高地，率先建成国家高水平科技智库，率先建设国际一流科研机构。

中科院深入推进"率先行动"计划和研究所分类改革的重大举措，为地球环境所的发展提供了新机遇。面对新时代的新要求，地球环境所分析了黄土室、地球环境所的发展历史和现状，明确了奋斗目标，加快科研体制和机制改革的步伐，为早日进入卓越中心而努力。

地球环境所自1985年建立的黄土室起，立足黄土高原，扎根西部已经30余年，经刘东生、安芷生等几代科学家的不懈努力，始终专注于与全球变化相融合的第四纪科学研究，具有鲜明的学科特色和深厚的科学积累，取得了突出的成就，在国际上享有很高的声誉。地球环境所也是中科院实施第一期"知识创新工程"中唯一升格为研究所的单位，并整体进入中科院"知识创新工程"试点。

2006年以来，根据安芷生院士提出的"三个转变"的战略构想，地球环境所逐渐成为我国为数不多的将第四纪科学与全球变化相融合、从事地球系统科学研究的科研机构。

据地球环境所科技外事处处长于学峰介绍，"十三五"期间，地球环境所的战略定位是以黄土-粉尘-气溶胶为纽带，开展环境变化的过程、规律、机制、趋势与可持续性研究；为发展地球系统科学作出创新性贡献，为经济社会可持续发展及生态环境建设提供前瞻性战略建议；将地球环境所建设成为国际一流的地球环境变化科学研究中心。

科技外事处副处长汶玲娟说："'十三五'以来，地球环境所将研究重心聚焦于探索高水平理论成果和服务美丽中国建设两个方面，具有以下鲜明的特色。第一，立足世界独一无二的黄土高原。黄土高原的黄土-古土壤序列保存了亚洲季风与内陆粉尘变化的丰富信息，是国际公认的全球环境变化研究支柱之一，黄土与环境变化是我国在国际地球科学研究中的优势领域。第二，拥有多学科、高水平、国际化的人才梯队和先进系统的支撑平台。研究所重视优秀青年人才培养和引进，已自主培养'国家杰青'16位，拥有一流的加速器质谱中心和我国最大的大陆环境变化岩芯库，黄土与第四纪地质国家重点实验室连续7次被评估为优秀。第三，与国际一流学者和机构保持实质性合作，开展以我方为主的大型国际合作项目，两度获得中华人民共和国国际科学技术合作奖。地球环境所在国际化评估中被国际专家组认定为'国际一流的大陆环境科学研究中心'，被科技部认定为国家级国际合作基地。第四，地球环境所具有多学科交叉研究优势和鲜明的学科特色，在亚洲季风-干旱环境变化及其动力学研究中享有极高的国际声誉，高水平基础研究成果突出，已在《自然》及《自然》子刊、《科学》、《美国国家科学院院刊》等国际顶尖杂志上发表文章48篇，近5年年均发表6—8篇，48篇文章共被SCI引用1.28万次，被引用超1000次的有6篇，超500次的有8篇，超100次的有20篇；获国家自然科学奖8项，并有一项研究成果入选2011年度'中国科学十大进展'。第五，善于将环境变化高水平基础成果与区域可持续发展战略研究有机结合，为黄土高原和我国西部生态环境与城市大气污染治理提出23项咨询报告。20世纪90年代以来，地球环境所向中央和地方政府提出了有关我国西部生态环境治理、沙尘暴防治、黄土高原植被重建、退耕还林还草与治沟造地并举、黄土高原综合治理的'26字方略'、PM2.5污染防控及大型太阳能城市空气清洁系统等一系列建议，为区域生态环境可持续发展战略方针的制定作出重要贡献。"

科技外事处副处长李力说："自2017年下半年开始，地球环境所在中科院前沿科学与教育局的精心指导下，分析了研究所的历史、现状、特点及未来发展方向，动员全所职工积极调查研究，发表各种不同意见，为申请组建第四纪科学与全球变化相融合的卓越中心做了充分准备，并于2018年7月20日在西安召开了'第四纪与全球变化科学战略研讨会'。会议听取了地球环境所刘禹所长作的关于组建卓越创新中心的设想汇报及相关亮点学术报告。与会专家围绕第四纪科学与全球变化研究发展的历史、现状和未来发展趋势进行了深入讨论，一致认为地球环境所已具备催生原始创新，回答气候环境变化的过去、未来及其动力学等重大科学问题的能力，由其牵头并联合相关单位，申请组建中国科学院第四纪科学与全球变化卓越创新中心的条件已成熟。徐冠华院士和朱日祥院士因故没有参加会议，但也正式表态同意会议纪要。"

白春礼院长给予地球环境所高度肯定："地球环境所是我院在陕西省布局的一个小而精的高水平研究所，在探索地球环境奥秘、服务西部生态文明建设中作出了突出的贡献，在我院资源生态环境领域布局中占有重要的地位。我们将按照《国务院关于全面加强基础科学研究的若干意见》相关要求，强化我院在中西部地区的基础研究布局，积极稳妥地推进卓越创新中心建设。"

2018年9月—12月，中科院深改组、规划局、有关专家和院长办公会议四次听取了周卫健院士的汇报和答辩，并经2018年12月4日召开的中科院第十三次院长办公会议审议，通过中心实施方案，批准筹建中科院第四纪科学与全球变化卓越创新中心，确定刘禹为中心主任，周卫健院士为首席科学家。2019年1月7日，中科院发布"中国科学院关于批准筹建第四纪科学与全球变化卓越创新中心和比较行星学卓越创新中心的通知",批准依托地球环境所,筹建第四纪科学与全球变化卓越创新中心。

中科院第四纪科学与全球变化卓越创新中心建立的意义非同小可,作用更是任重道远——

该卓越中心是中科院瞄准全球环境变化重大科学前沿,在地球科学领域布局的新卓越中心,依托地球环境所,联合贵阳地化所、中科院海洋研究所、水利部水土保持所和南京湖泊所共同建设。该卓越中心将瞄准全球环境变化过去、现在、未来和有影响的重大科学前沿,积极开展科教融合,参与国家创新体系建设,培养吸引一流人才,努力领衔国际重大计划,打造高端研究平台,解开气候环境变化之谜,创立全球环境变化动力学理论,引领学科发展,建成第四纪科学与全球变化相融合的世界级研究中心。

2019年3月,一个春光灿烂的日子,中科院第四纪科学与全球变化卓越创新中心第一届咨询委员会会议在西安举行。

傅伯杰、安芷生、陈骏、陈发虎、胡敦欣、王苏民、周卫健、段晓男、李颖虹、刘禹、冯浩、冯新斌、曹军骥、孙有斌、程培周、金章东等著名科学家、学者参会。会议进一步明确了中科院第四纪科学与全球变化卓越创新中心近期的工作重点和研究方向,并建议中科院考虑以该卓越中心为平台,围绕亚太气候环境演变动力学研究,早日布局战略性科技先导专项,为解决未来气候环境变化不确定性的关键问题提供新思想和新理论。

2019年4月23日,"中国科学院第四纪科学与全球变化卓越创新中心"在地球环境所正式揭牌。

中科院前沿科学与教育局局长徐涛、副局长张永清,地球环境所所长刘禹、安芷生院士、周卫健院士和中科院西安分院院长赵卫共同为中科院第四纪科学与全球变化卓越创新中心揭牌。

国内外朋友得知中科院批准依托地球环境所筹建中科院第四纪科学与全球变化卓越创新中心以后，纷纷向他们表示祝贺。安芷生却冷静地说："这的确是一个难得的机遇，这是地球环境所全所职工坚守黄土地，多年艰苦奋斗、拒绝诱惑、排除干扰努力的结果，也是一次重大的挑战，准确地说，应该是万里长征的第一步，任重而道远，没有一点骄傲的资本和理由。以后要想建好、发展好、达到预定目标，要靠地球环境所继续发扬'如履薄冰，奋发图强'的精神，发扬'爱黄土、爱西北、爱中国'的情操，搞好地球环境所团结和用人的机制，密切联系国内和国外两个合作研究群体，时刻铭记我们对祖国的历史责任，为我国地球系统科学发展和国家需求坚持不懈地努力，奋斗不止。"

再开放

以安芷生、周卫健为代表的地球环境所科学家群体，是一支团结奋进、讲究速度和效率的科研群体。这一群体是否能够勇往直前地朝着更广阔的国际科学前沿大步迈进？怎样才能汲取人类文化和科学的遗产？只有再开放，面向多学科间的结合点，发展多学科集成的地球系统科学，才能实现真正的卓越。

比如校所合作，共建加速器质谱中心。地球环境所在21世纪初就以开放的姿态与西安交大共建加速器质谱中心，这一中心的建设得到了中科院、教育部和科技部的大力支持，后被定为科技部十大仪器中心之一。

提议建设加速器质谱中心的周卫健院士说："该中心测试年代和指标的精确性高，毫不夸张地说，这里是亚洲最好的加速器质谱中心。后来我们与西安交大进一步合作，共建全球变化研究院和地球环境专业，西安交大的程光旭副校长、顾兆林教授、李旭祥教授和程海教授为此付出了很大努力。安芷生和我协助西安交大吸引美国知名古气候学家程海来西安交大工作，建设了世界顶尖的铀系测年实验室，该实验室为地球环境所的石笋定年做了大量的实验分析；吸引的地热专家黄少鹏在西安交大发展了地热研究。"

周卫健院士还说："西安交大在我所双聘了多位客座教授，他们在西安交大上课，培养研究生，与西安交大合作发表了百余篇SCI论文，其中一部分发表在《科学》、《自然》子刊、《美国国家科学院院刊》等顶尖刊物上。"

安芷生说："西安交大研究人员和研究生在共建的加速器质谱中心做实验，写论文。同时也感谢西安交大向地球环境所输送了多名研究生，解决了一大批年轻客座教授的子女上学问题。"

地球环境所还为西安交大附中举办了多次"开放日"，激发中学生对科学研究的兴趣。

安芷生说："这一成功的合作，再次激发我们与高等院校合作的兴趣，以便达到教育和科研双赢的目的。"

2014年，地球环境所从高新区搬迁至西安市雁塔区东南一个仅33亩的院子——雁翔路97号。与国内其他大学和研究所相比，地球环境所可是真正的"小而精"。

周卫健院士在2017年敏锐地看到地球环境所发展的缺陷，于是，她大胆地提出："地球环境所要扩大，人员要扩大，空间要扩大，资金来源要扩大，学科要有多样性。"

"当时，中科院资金缺乏，编制有限。我们要想力求'卓越'，只能'再开放'。只能面向社会，面向地方，既加强基础研究，也要为省市地区可持续发展服务。"周卫健院士说。

安芷生院士还提出："地球环境所的改革开放不仅面向国际，也要面向国内，面向高等院校，面向国家的精英单位。"

一场激烈的讨论会在地球环境所如火如荼地进行着。研究员们踊跃发言，各抒己见。最后，经过群策群力地出点子、想办法，他们大胆而果断地采取了行动。

校所合作，科教融合。

2014年下半年，时任北京师范大学（以下简称北师大）副校长史培军向安芷生院士建议，建议地球环境所与北师大合作建设一个与全球环境变化研究有关的联合机构。

考虑到北师大在现代生态环境、气候变化和环境灾害等研究方面观测和模拟领域的优势，以及地球环境所在过去气候环境变化和试验分析研究的优势，地球环境所所长周卫健等领导立即表示：同意与北师大合作，共建从事过去与现在环境变化相结合研究的研究机构。

于是，2014年底到2015年初，地球环境所领导与北师大校领导在北京与西安两地往返奔波，频繁交流，最终，一个"地球科学前沿交叉研究中心组建的设想和实施方案"出台了。

2015年7月8日，双方在北师大举行了隆重的校所共建"地球科学前沿交叉研究中心"（以下简称交叉研究中心）签约仪式。在这个仪式上，双方共同签署了"北京师范大学-中国科学院地球环境研究所共建'地球科学前沿交叉研究中心'"的协议。

2015年10月，交叉研究中心向北师大提交"购置可测重核素的加速器质谱仪等实验设备的申请"和"亚洲季风-干旱区粉尘水文变化过程与可持续发展"学科交叉项目申请并获批准。

"目前，含有许多自主设计成分的加速器质谱仪的生产已接近完成，荷兰HVEE公司将在2019年秋将仪器运往北京，落户于生态环境部的核与辐射安全中心实验室内，发展部、校和研究所多边合作。交叉研究中心也将发展核年代学、生态环境的核素示踪及相关的环境变化研究，培养研究生，为建设北师大的一流学科和推动多学科的集成研究服务。"现在在交叉研究中心工作的周卫健的学生刘林副研究员介绍说。

他们粗略算了算：自2017年以来，据不完全统计，交叉研究中心的研究人员利用地球环境所和北师大的资源，合作发表SCI文章57篇，其中有7篇发表在《科学》、《自然·地球科学》（*Nature Geoscience*）、《自然·通讯》（*Nature Communications*）、《美国国家科学院院刊》、《科学进展》等杂志上，符合该中心提出的"边建设，边出成果"的初衷。

地球环境所还与青岛海洋科学与技术试点国家实验室（以下简称海洋试点国家实验室）合作，走向海洋研究。

众所周知，海洋面积超过地球表面积的70%，海水提供了全球大部分的水汽，也是全球气候的主要驱动力之一。

安芷生院士和周卫健院士认为："地球环境所虽长期研究大陆环境变化，但也越来越意识到海陆结合研究对于理解气候变化动力学的重要性。虽然中国科学家在海陆环境变化领域分别取得了显著成绩，但多是各自为战，实质性的海陆融合研究仍显不足，这也严重制约了对地球系统变化的整体认识。"

在海洋试点国家实验室吴立新院士、安芷生院士和周卫健院士的联合推动下，双方决定在国内唯一的海洋试点国家实验室内共建海陆气候环境变化开放工作室。

2017年11月，双方共建的"海陆气候环境变化开放工作室"正式揭牌。

该开放工作室以安芷生院士为首席科学家，旨在发挥地球环境所大陆气候环境变化研究的优势，并与海洋试点国家实验室海气耦合模拟的优势互补，建立实质性的观测、实验和数值模拟合作平台；追踪过去2万年穿越亚太和全球的环境变化；强调海陆结合、古今结合，增强双方对全球环境变化动力学的理解。

该开放工作室成立一年半以来，海洋试点国家实验室的高水平科学家吴立新、蔡文炬以及林霄沛、陈显尧等到地球环境所举办海-气基础科学和前沿领域的讲座；与地球环境所联合举行多次学术讨论会，开启地质生物载体的海洋观测，为地球环境所走向边缘海、走向大洋、走向全球开创了新局面；利用双方的资源优势，在《科学》、《自然》子刊和《美国国家科学院院刊》等杂志上发表多篇论文，并着力申请有关"穿越地球时空"的国家项目。

地球环境所与西安市合作，获得了历史性的发展机遇。

为了解决地球环境所编制较少、吸引人才受限、办公实验用房拥挤等窘境，时任地球环境所所长的周卫健院士在2017年两会期间，反复与西安市主要领导沟通，并呈报《关于恳请解决创新人员编制和科研用地的请示》。

在2017年3月西安市机构编制委员会办公室来地球环境所调研的座谈会上，安芷生和周卫健院士再一次提出地球环境所与西安市共建地球环境创新研究院的建议，准备一揽子解决人员编制和科研用地等困难。2017年4月6日，西安市市长办公会议决定："全力支持西安地球环境创新研究院建设，以创新的机制留住高端人才，培育我市在环境治理中急需的科技支撑力量，为我市未来创建国家科创中心乃至创建国家中心城市提供重要保障。"

2017年11月5日，西安市人民政府和地球环境所共建西安地球环境创新研究院签约仪式顺利举行，周卫健院士被任命为创新研究院院长，曹军骥任常务副院长，武振坤任副院长。

双方签订的协议指出，为加快推动院地战略合作，服务地方经济发展，按照"优势互补、资源共享、开放合作、协同创新"的原则，双方共建创新研究院，是充分发挥地球环境所在环境治理方面的雄厚学科储备、设备储备和人才储备，解决西安市重大需求、提供高水平科技支撑力量的双赢合作。创新研究院中加速器集群科学装置和大陆环境科学钻探岩芯标本库等重大平台的布局建设，为启动中科院西安综合科学园建设、打造西安科创大走廊提供有力支撑。

协议中明确了创新研究院将履行如下职责：（1）研究大气、土壤及水体等污染成因及机理，为西安市环境工程治理尤其是雾霾治理提供科学基础；（2）开展环境工程治理新技术和新材料开发研究，为西安市环保产业发展服务；（3）开展环境治理的战略研究，提供政策建议；（4）开展环境污染治理工程示范研究，创造优良环境；（5）发挥学科和科技平台资源优势，为西安培养相关优秀人才。同时，将地球环境所人才培养纳入中科院大学体系，保障西安地区研究生培养的相应学科建设。

协议中同时要求西安市政府提供项目用地300亩，出资5亿元，用于约6万平方米的地球环境所新址和创新研究院的建设；解决事业单位编制200名。

截至目前，地球环境所新址及创新研究院基本建设已完成立项、用地规划、土地划拨等手续，建筑群的设计正在如火如荼地进行；2019年创新研究院的人员招聘也将初步完成。

对此，周卫健院士感慨地说："地方政府积极支持地球环境所吸引和稳定人才，扩大可利用空间资源，为地球环境所的基础科学发展提供了有利的条件，地球环境所获得了难得的历史性发展机遇。面向地方经济和社会可持续发展，是地处西部的研究所应有的历史担当。地球环境所强化地球环境的基础研究，必将着力为区域生态环境可持续发展和地方经济服务。"

面对新世纪的新形势，地球环境所要继续扩大开放才能进一步走向世界。地球环境所除了要加强与内地高校和顶尖实验室合作以外，还要继承黄土室的优良传统，面向华裔科学家和新一代的国外优秀科学家，发展一个新的、固定的国际合作研究群体。

谈起与李顺诚教授的合作，曹军骥研究员说："自1999年起，我与香港理工大学空气污染实验室主任李顺诚教授开展合作交流，在大气碳气溶胶及室内空气污染研究方面进行长期稳定的合作，组织开展了珠江三角洲城市群碳气溶胶的联合观测、我国14个主要城市碳气溶胶分布及其环境影响研究、秦始皇兵马俑博物馆室内大气污染联合研究、大气污染控制等大型合作项目，取得了显著成果，目前合作发表高水平SCI论文百余篇。鉴于李顺诚教授在上述研究中的贡献，安芷生院士邀请他作为主要参加者参与申报'黄土与粉尘等气溶胶的理化特征、形成过程与气候环境变化'项目，该项目获2012年国家自然科学奖二等奖。"

2008年，地球环境所与香港理工大学共同成立了联合实验室，该实验室于2013年升格为中科院地球环境研究所/香港理工大学气溶胶与环境联合实验室，被列入粤港澳大湾区的中科院联合实验室序列。自此双方协作，发挥各自学科优势，建立了融先进气溶胶技术-

PM2.5来源解析与环境意义-室内空气质量为一体的研究体系。目前该联合实验室逐步成为知名的气溶胶科技研发中心与高水平人才培养基地，未来有望在粤港澳大湾区科技发展中发挥作用。

谈起与香港大学地球科学系柳中晖教授的合作，地球环境所稳定同位素实验室主任刘卫国研究员说："我与香港大学地球科学系柳中晖教授合作近20年了。当年我在美国布朗大学做访问学者，中晖在那里做博士研究生，我们就开始讨论长链烯酮在湖泊中的可能应用。2007年起，我们共同对青藏高原湖泊沉积的长链烯酮进行了深入研究，并于2008年在《地球化学与宇宙化学学报》（*Geochimica Et Cosmochimica Acta*）上发表了第一篇合作文章。"2008年柳中晖到香港大学任教。他有很好的古环境研究基础，但香港相关资源很少，而地球环境所在稳定同位素生物地球化学研究方面有较好的条件，十余年来在生物标志物气候代用指标和古气候重建等方面取得一系列成果，因此，他与地球环境所的合作研究更加紧密。

刘卫国还说："我们多次联合考察了我国青藏高原和内陆湖泊，发现盐度差异所引起的长链烯酮前源藻的种属差别是C37:4丰度变化的可能原因；提出该区域小冰期气候冷湿，中世纪暖期气候暖干，为未来全球变暖提供历史相似型，也就是说，随着全球变暖，西北内陆地区气候可能呈现暖干模态，相关合作研究成果发表在《第四纪科学评论》（*Quaternary Science Reviews*）和《全新世》（*Holocene*）等国际刊物上。柳中晖在我们发表在《美国国家科学院院刊》等高端杂志上的文章中有关动力学的讨论方面发挥了关键作用。此外，我们发现了3400万年前在长达200万年的时段里南北半球气候的差异性演化，这揭示了海洋环流变化对气候系统的巨大影响作用，相关研究成果发表在《自然·地球科学》杂志上。柳中晖对于古气候动力学有深刻的理解，而我们的稳定同位素基础对他帮助很大。"

安芷生院士说："刘卫国等发表的有关'塔克拉玛干沙漠红柳碳同位素'的研究成果指出了小冰期时的湿冷气候状况，引起了美国国家科学院院士华莱士·布洛克和乔治·登顿（George Denton）的极大兴趣，这也许是2011年布洛克率领美国国家科学院院士代表团访问西安的原因之一。

"这是布洛克首次访问中国。在西安访问期间，布洛克等几个大家都作了报告。我和周卫健陪同他们参观了段家坡最近60万年的黄土-古土壤序列，当时他们在黄土中发现一个石器碎片，布洛克非常高兴，连声感叹：'我第一次看到中国黄土-古土壤序列，这是很了不起的季风气候记录。'然后，在武振坤博士的陪同下，华莱士·布洛克教授、乔治·登顿教授和亚伦·帕特南（Aaron Putnam）博士又去新疆乌鲁木齐研究古冰川遗迹和塔克拉玛干沙漠，历时15天，其目的也包括确认亚洲内陆干旱区随着全球变暖时，气候是否呈现干热模态。这也是新时代我所与世界顶尖的拉蒙特-多尔蒂地球观测站新的合作的开始。"

现为澳大利亚国立大学副教授的于际民博士，是黄土与第四纪地质国家重点实验室的客座研究员。

黄土与第四纪地质国家重点实验室主任金章东说："自2007年开始，于际民博士就与我保持着十分紧密的合作关系，双方互通有无，经常互访。我们通过海陆记录的对比，定量化了末次冰期以来海洋、陆地和大气碳库之间相互交换作用的变化及其交换通量，合作论文发表在《科学》、《自然·地球科学》和《自然·通讯》等期刊上。"

在进行海陆记录对比的同时，于际民博士还深入参与了金章东研究员主导的有关2008年汶川地震对地表过程和碳收支影响的研究，相关成果以系列论文的形式发表在《地质学》（三篇）和《科学进展》（一篇）等国际著名杂志上。

这一系列成果是金章东团队联合英国杜伦大学罗伯特·希尔顿（Robert Hilton）教授、美国南加州大学约书亚·韦斯特（Joshua West）教授、澳大利亚国立大学于际民博士等人共同获得的。他们同在剑桥大学相识，共同的研究兴趣使他们开展了长期的、卓有成效的合作研究，并共同培养研究生。他们的相关研究工作得到美国国家科学基金项目、中科院外籍青年科学家计划和国家自然科学基金委员会外国青年学者研究基金的资助。因为其所取得研究成果的国际影响，金章东和希尔顿教授还共同获得了2017年"中国科学院青年科学家国际合作伙伴奖"，在英国白金汉宫，由白春礼院长和约克公爵安德鲁王子共同为这两位科学家颁奖。

环球同此凉热

卓越、开放都离不开吸引人才、培养人才。下面就以晏宏等人为例说明地球环境所是如何吸引和培养人才的。

2012年，将要从中科大毕业的博士研究生晏宏，是一位极地环境实验室的优秀学生。导师孙立广很想留下他，他却有自己的困惑，因为他的兴趣在古气候变化研究上。在他心里，做中国古气候研究最好的两个科研机构是北京地质所和地球环境所，这才是他心目中的"圣殿"。

一个非常偶然的机会，同学李明说："要不要我帮你向安芷生先生推荐一下？"李明硕士毕业就到了地球环境所工作。

地球环境所？安芷生先生？晏宏的眼睛瞪大了，他说："我当然愿意，可是就不知道安先生能不能看得上我。"

"你先发份简历过来，我去试试吧。"李明说。

谁知，第二天上午9点，他刚踏进实验室，就接到了安芷生的电话："是晏宏吗？我让李明给你订了明天的机票，你后天过来答辩，时间40分钟左右，你从现在起可以准备了。"说完，安芷生就挂了电话。

"这太天方夜谭了！"晏宏不敢相信自己的耳朵。这件事对他震动非常大，他没有想到这么快安芷生就亲自给他打电话来了。

"这么好的机会我怎么能错过呢？"晏宏熬了一个通宵准备答辩内容。

"这是2012年的10月，答辩完后我回中科大继续读书，第二年7月才毕业。可这不到一年的时间里，我清楚地记得我总共接过安先生5个电话。"晏宏如数家珍一样讲起了这5个电话的来龙去脉。

第一个电话，是地球环境所要以周卫健院士为负责人启动一个"973"计划项目，安芷生打电话给他："我觉得你在这个项目里应该做些事情。周卫健已经给你准备了30万元经费，你直接参与热带气候变化研究。"

"后来安先生不但让我参与了这个项目，还超额兑现。当然，这个项目我做出了成绩，没有让两位先生失望。我在《自然·地球科学》上发表了论文，署名地球环境所为第一单位。"晏宏说。

第二个电话，是地球环境所将在西安召开一个中美国际会议。"你有时间的话作个报告。"安芷生说。

"我去了，会场上坐的不是中科院院士，就是美国国家科学院院士，太令人诧异了！我怎么就能得到这样的机会呢？我吃惊，地球环境所的人也吃惊，大家都不知道晏宏是谁呢！"晏宏说。

那个会议上总共有4个报告：刘禹的《树轮》、曹军骥的《气溶胶》、孙有斌的《动力学》和晏宏的《南海及热带太平洋千年水文气候变化》。

这是地球环境所的特色，是安芷生保持了30多年的一大"发明"：齐刷刷的年轻人，多学科、多方向联合出击；鲜活而精彩的系列报告，直指科学研究的前沿。

第三个电话，就是因为晏宏面试那天提到的一句"想做一点热带湖泊沉积"，安芷生将一个学生的话放在了心里。

"我准备让所里两位老师和你一起去海南一个火山湖看看，看能不能在那里采集点样品。你调整好时间就跟他们一起去，费用你不用管。"安芷生在电话里说。

到海南碰头后，晏宏才知道来的是刘卫国老师和强小科老师。好家伙，这两位可都是地球环境所里德高望重的老师！

晏宏谦虚地说："我陪你们一起去看看。"

"哪是你陪我们，是我们陪你。"刘卫国老师说。

晏宏从他们身上学到了地球环境所人朴实而严谨的敬业精神，这些都令他非常敬佩。

"我们合作得非常好！"等两位老师走了，晏宏回到中科大继续完成学业，他心里充满了温暖和感激。当导师问起他的感受时，他毫不犹豫地说："这是我一生做过的最好的决定！"

……

晏宏到地球环境所正式报到的那天，安芷生和他聊了工作计划后，说："你就坐在我隔壁办公室吧。"

"这一年对我影响特别大，安先生每天总会抽出10来分钟和我聊一聊工作和学术上的想法。他问得最多的一句话是：'需不需要钱做事情？'"

一次，安芷生听说晏宏准备放弃做砗磲研究，立即来找他，非常肯定地说："这件事必须坚持！"

晏宏在中科大做过一些砗磲研究，可是他觉得地球环境所在内陆，主要是做黄土、干旱区气候变化研究的，而砗磲在热带海洋，这里没有条件。另外还有一个原因，是砗磲研究很难超过对珊瑚理解的框架，做起来恐怕很难有所突破。可安芷生不这么认为。"他那句话不是在征求我的意见，而是在给我布置任务。"晏宏说。

事实证明，安芷生对科学研究是非常敏感的。"我通过安先生与周卫健找到海南省主管科技的副省长，设法通过海南砗磲协会和渔民收集了大量的砗磲标本。因为安先生，我把这项研究坚持了下来，现在已经有了非常大的突破。砗磲研究未来有可能突破我们第四纪地质分辨率的一个极限，它有可能成为记录短时间尺度极端气候事件的地质生物气象站。"晏宏感慨万端、信心十足地说。

晏宏对砗磲的研究已经突破了第四纪现有的研究框架。他讲道："近两年北京夏天的特大暴雨越来越多，沿海地区的台风越来越强。曾经一个时期，全国10个台风一字排开。以后地球变暖时这种特大暴雨和特级台风会不会加剧？这是大家关心的问题。"

晏宏继续说道："第四纪气候最高分辨率只可以看到一个月，看不到极端迅速的天气变化。然而，对砗磲的研究能够做到具体到某一天的分辨率，能够识别出一次暴雨、一次台风。通过砗磲研究，可以把不同背景下气候状况的精细结构识别出来。如果我们能够获得百年砗磲及更长时期的记录，我们就可能预估未来气候变化后这些事件发生的概率。"

工作三年后，晏宏已经是在《自然》杂志子刊上连连发表文章的研究员了。他说："我从不后悔去西安。西安有一流的平台，合作的都是国际一流的大家们。"

晏宏走上工作岗位后,不仅接触到了像安芷生这样的中国一流科学家,而且还接触了国外一流科学家。前不久,他和澳大利亚伍伦贡大学教授、澳大利亚原子能研究所的科学家理查德·多德森教授合作。多德森也是安芷生和周卫健多年的朋友。

"多德森先生将他的所有本领都教给了我,我和学生去澳大利亚直接就住到他的家里。令我非常诧异的是,我们每一天几乎都会聊到安芷生先生,多德森的语气里充满了不间断的惊叹和赞叹:'啊!安,一个最令人敬佩的人!'"晏宏说。

20年过去了,刘卫国说起他与地球环境所的渊源,还是那样记忆犹新;说起安芷生,他脱口而出:"先生是有远见的科学家!"

一贯严格要求自己的刘卫国谦虚地说自己当初能来这里,"是先生的照顾"。那是1999年,他在中科大读在职研究生,和他的导师彭子成合作项目的安芷生,想要招一位研究地球化学同位素的研究员,他就去参加了面试。面试仅用了5分钟时间,安芷生就对刘卫国说:"你回去办手续吧。"

刘卫国也没问任何关于工资待遇的问题,"我跟先生一见面,就觉得他是做事情的人。你只要跟着他做事就行,没有必要问别的了。"

就这样,刘卫国跟随着安芷生来了,不久他就和学生们把同位素实验室建立起来了。

刘卫国说:"2002年,先生直接把我送到美国布朗大学学习一年。这次学习对我来说很有必要,让我收获很大。通过这次学习,我不仅学习了建设实验室和做试验的方法,也建立了很好的人脉关系。"

他在美国学习的时候,安芷生去看他,连声赞扬"不错"!"先生在那里待了三天,写了一篇文章《黄土高原百万年C4植被扩张与亚洲季风的关系》,实验就是在那做的,和美国布朗大学黄永松(Yongsong Huang)教授合作。该文先投到《自然》杂志,审稿人认为我们所提的东亚C4植被扩张与亚洲季风有关是不正确的,就拒稿了。后来我们又投到《地质学》杂志,文章很快就发表了,我们都是作者。"刘卫国说。

回国后的刘卫国不断加强同位素实验室建设,实验室里的气体稳定同位素质谱仪从原来的1台逐渐发展到6台,为地球环境所建立了良好的同位素实验平台。同时,他不断建立新的方法,把做古环境研究能够开展的方法都开展了起来。凭借做同位素实验的出色经验,刘卫国拿到第一个科学基金项目,他与美国布莱恩特大学教授、生物地球化学家、美籍华裔科学家杨洪(Hong Yang),香港大学柳中晖教授和中科院地质与地球物理研究所孙继敏研究员等一直保持友好合作。

2005年,刘卫国在国际著名杂志《地质学》上发表了文章。

2006年,在跟着安芷生做"干旱区-湿润区气候变化"重大项目中的"青海湖指标现代过程研究"中,刘卫国和他所在实验室的同事们在国际期刊的一区、二区上连续发表了10多篇文章。

刘卫国每年都要去青海湖体验生活。他连续去了8年后,依然觉得还是读不懂青海湖。直到2012年,他突然发现美丽的青海湖湖底的"自源生态"像草原一样繁茂和丰沛,有些地方的藻类像地毯一般绵软细致。于是,围绕"内源物质对青海湖碳同位素的贡献"这一问题,他和实验室的同事们合作,相继发表了5篇文章。

60岁的刘卫国退休了，可他离不开地球环境所，总想来实验室转一转，这样他心里才会安宁、踏实。他实际上还是像往常一样做着研究工作，只不过是和地球环境所续签了一份聘用合同，他戏谑地说这是一份"卖身契"。

刘卫国说："我与安先生团队2002—2004年在罗布泊获取了第一个新生代钻孔岩芯，我们将罗布泊钻孔的同位素结果与孙继敏研究员在该地区天然剖面的研究结果对比研究，揭示了死亡之海——塔克拉玛干的干旱化时间。安先生尖锐地指出700万年—500万年前罗布泊存在广泛分布湖泊的湿润期，这是塔克拉玛干沙漠历史的一个重要发现。同时，我们还通过多个剖面对比，确认了塔克拉玛干大湖期的存在。"

在刘卫国的科研生涯中，中科院地质与地球物理研究所孙继敏研究员一直是他一个重要的合作者。孙继敏说："我与地球环境所的渊源很深。我最早到访黄土室是1989年的夏天，当时是该室成立初期，虽然办公面积有限，但以年轻人为主的科研群体展示了蓬勃向上的发展势头和活跃的学术氛围。与其说我对地球环境所有所贡献，还不如说我从地球环境所得益不少。"

孙继敏还说："我1996年从中科院广州地化所博士后出站，1997年我申请基金项目没有成功，这对于一个充满干劲的青年博士的影响是很大的。安芷生老师在得知这一情况后，连续几年用重点实验室的有限基金慷慨地对我进行资助，使我能够系统研究末次盛冰期以来中国古沙漠的重建，并在国际刊物发表了文章。这是我学术生涯的开始，也为我2001年获得'国家杰青'提供了重要帮助。"

孙继敏算了算，说："从2004年至今，我作为主要成员参与了安芷生院士牵头的两个国家'973'计划项目和一个国家自然科学基金委员会的重大项目，长期开展亚洲内陆和青藏高原气候和构造研究。上述研究也是我获得第三世界科学院地学奖等重要奖项的基石。在这一时期，我与刘卫国研究员合作，合作得很愉快。我送很多样品去他那里做稳定同位素分析。他对稳定同位素的理解很深刻，对我帮助很大，我们共同发表了文章。今天的地球环境所已经成为世界上著名的多元化的古环境研究所，在国际地学前沿领域取得一系列研究成果。地球环境所的成功发展，在我看来离不开以下几方面的因素：一是有卓越的学术带头人。地球环境所能够取得今天的辉煌，首先应该归功于卓越的学术带头人安芷生院士，是他推动黄土室升格为研究所。安先生拓展了该所的学科布局，持续加强了国内外学术交流，促成了该所的人才和学术高地建设。二是进行前瞻的学科布局。黄土室创建之初以黄土为重点研究对象，将亚洲古季风作为重点突破口，在后续研究中，该所先后布局了宇宙成因核素环境示踪、树轮气候学、气溶胶、同位素地球化学、古气候模拟等学科方向，而且针对国家需求，与时俱进地成立了'一带一路'气候环境研究中心。这些跨学科的布局，奠定了该所从圈层相互作用的地球系统科学角度开展不同尺度环境变迁研究的基础。"

谭亮成是安芷生的学生，2003年他从兰州大学地理学研究和教学人才培养基地班本科毕业，免试保送到地球环境所，硕博连读6年都跟着安芷生。他爱好历史和考古，学生时代曾是兰州大学古文化爱好者协会的会长。结合他的兴趣爱好和专业——石笋研究，安芷生凭着自己对科学的高度敏感和对国际前沿的了解，给谭亮成制订了一条独特的研究方向：把自然科学研究与人文历史研究相结合。

谭亮成开始了自己的思考：过去2000年季风气候变化对我国社

会环境产生了怎样的影响？当地人是怎样适应这种环境的变化的？中华文明发展和气候变化有什么关系？……

在安芷生的引导下，谭亮成很快找到了自己研究的契合点和方向。2008年，他发表了第一篇论文，是从历史文献中提取出的关于过去1000年陇西地区旱涝气候变化的文章；2011年，他进一步结合石笋和历史文献记录，发表了关于北方半湿润区过去1800年降雨变化及其社会影响的文章，在学术界引起了很大的反响。

紧接着，谭亮成在陕南汉中地区宁强的一个洞穴做了一次漂亮的研究，这是谭亮成首次在同一个洞中验证了洞穴矿物质沉积、干旱气候和社会影响的联系。把自然与历史文化相结合，并预测未来气候变化趋势，这是一个非常大的突破。谭亮成与合作者合写的文章《一个中国洞穴将过去500年气候变化、社会影响以及人类适应联系起来》发表在《自然》杂志出版集团的杂志《科学报告》（*Scientific Reports*）上，又在学术界引起了很大的反响。英国广播公司在晚间新闻中对他进行了长达3分钟的采访报道，美国《纽约时报》《新闻周刊》等都对此作了专题报道。有教授评价说："他开创了一个新的研究方向。"因为这项工作，谭亮成也获邀加入了《科学报告》杂志的编委会。

谭亮成做的另一件颇有影响的事情是，他通过有高精度测年的高分辨石笋记录，发现了黄土高原地区4000年前的极端降水事件。这次极端强降水事件可能导致了黄河中游的大洪水，这在一定程度上验证了"大禹治水"这一历史事件的真实性。他的这一发现为论证中华文明起源的时间问题提供了更多的地质证据，记录该成果的文章发表在《科学通报》英文版上。

谭亮成感谢安芷生给他选择的既结合个人兴趣爱好又处于学科

前沿的研究方向，他说报答老师最好的方式是"在自己的研究领域超过老师，否则科学就不会有进步"。

他还说："先生对我们的培养是先打好基础，然后把我们送到更高的平台开阔眼界。我在博士二年级时，先生送我去美国明尼苏达大学学习，请他在石笋研究方面做得非常杰出的朋友爱德华兹教授（目前是美国国家科学院院士、中科院外籍院士）和程海博士（目前为西安交通大学特聘教授）做我的老师。"

安芷生是地球环境所的学科带头人，是地球环境所人的精神导师，也是地球环境所的定海神针。

"只要先生在，我们谁也不会走的！"晏宏说。

"只要先生在，我们都有学习的楷模，有追随的榜样。"谭亮成说。

"跟着先生，会练出一双更独特的看问题的眼睛。"王云强说。

"跟着先生，能形成运筹帷幄的战略思想。"牛振川说。

"我是先生最小字辈的学生，跟着先生，可以借鉴师兄们的经验。"舒培仙说。

"只要跟着先生，退休了也走不了，不想走。"刘卫国说。

这些"国家杰青""国家优青"获得者努力地向安芷生学习。

"完全的榜样。没有任何一个人像他这样能够让我全方位地去学习。"晏宏说得更为绝对。

无论什么地区，无论什么时期，无论什么种族的人群，谈论最多的一个话题恐怕就是天气，这并非偶然。美国的新英格兰人抱怨东风的到来，中国人耐心等待着第一场春雨唤醒播种的土地，阿拉伯人一遇见陌生人就会询问雨到底下在了何方。同样，埃及人谈论着尼罗河的涨潮，爱斯基摩人和朋友聊天时，很可能讲到可怕的零度以上的炎热天气。然而，聊聊天气，仅仅是对自然现象的描述，要说它的内在含义，没有什么能比气候环境的变化更能直接并严重地影响着人类的发展进程了。

无论什么地区，无论什么时间，无论什么种族的人群，我们共处一个地球。地球是目前宇宙中已知存在生命的唯一的天体，是包括人类在内上百万种生物的家园。

因此，地球科学是历史悠久的自然科学门类。地球科学是伴随人类和人类社会的诞生、发展和演化而出现的比较早的自然科学，它离不开人类对赖以生存的地球环境和固体地球的发展与变化规律的认识，离不开人类为解决生存和社会发展问题而产生的对各种自然资源和环境的探索。

地球科学是认识行星地球的形成、演化以及与人类自身生存和发展休戚相关的气候、环境、资源、灾害、可居住性、可持续发展等的一门自然科学，是人类社会发展的支柱性、基础性科学，与人类社会的发展进步息息相关。

由中科院地学部提议，安芷生组织我国地球科学领域的科学家于2010年出版了《21世纪中国地球科学发展战略的报告》。他们从21世纪国际地球科学发展的大背景和大趋势出发，从我国地球科学发展战略需要着眼，深刻阐述了国际地球科学发展的特点与前沿趋势，系统思考了我国地球科学发展的战略方向，提出了至2020年我国地球科学发展的目标和战略定位，提出了我国地球科学重点研究的8个重大科学领域——行星地球的物理、化学、生物过程及其协同演化，海洋的物理和生物地球化学过程以及资源环境效应，陆面地表过程，资源环境，人类活动与可持续发展，天气、气候系统和空间天气的变化与趋势预测，全球变化与地球系统科学，矿产资源和能源的形成机制。他们准确把握国际地球科学发展的前沿，面向我国经济社会发展的战略需求，深刻认识我国自然和社会条件的特点，顺应国际地球科学发展的潮流和国内经济社会发展大势；树立21世纪崭新的理念，面向市场、面向用户、面向决策层、面向地球管理，在真正为国家、用户、社会服务的过程中获得跨越式发展，迈进国际地球科学强国俱乐部，使得我国成为国际上有重要影响乃至发挥学科引领作用的地球科学研究强国。

该书出版后，中科院和国家自然科学基金委员会联合启动开展未来10年（2011—2020年）中国学科发展战略研究，安芷生作为地球科学学科发展战略研究组的组长，在蔡演军的协助下，组织国内不同学科的100余位专家学者，组建大气科学、地理学、地质学、地球物理学、地球化学和地球系统科学6个学科研究组开展学科战略研究工作。战略研究组围绕以下6个方面开展战略研究工作：（1）地球科学学科领域的战略地位；（2）地球科学学科领域的发展规律和研究特点；（3）最近10—20年地球科学的研究状况和研究动态，包括人才队伍、资助现状、重要成果以及在推动学科发展和人才队伍建设、营造科研环境等方面的成绩与问题；（4）未来5—10年地球科学领域的发展布局、优先领域以及与其他学科交叉的重点方向；（5）未来5—10年地球科学领域开展国际合作与交流的需求分析和优先领域；（6）未来5—10年地球科学领域发展的保障措施，主要包括基础研究、人才队伍、环境建设、国际合作等方面的政策研究。这项研究一方面指出了地球科学领域未来10年的重点发展方向、优先发展领域以及重大交叉领域，为制定科学基金"十二五"发展规划提供了依据；另一方面，形成了《2011—2020年地球科学发展战略》研究报告，同时也为《2011—2020年我国基础研究政策》研究报告提供有关意见和建议。值得指出的是，安芷生在这次战略研究中特别强调了新兴的地球系统科学的思想，谈到了"人类圈"和"人类世"的概念、加强行星科学和比较行星学的研究等，引领和促进了地球科学的发展。

2018年，地球环境所向中科院请示，成立了"一带一路"气候环境研究中心，由刘禹所长担任中心主任，谭亮成、晏宏担任副主任，地球环境所从各个科研方向抽调骨干人员加入该中心。该中心主要针对国家"一带一路"建设中面临的气候风险，发挥地球环境所在气候环境变化研究中的优势，整合海、陆、气环境变化方向的研究力量，从过去、现在和未来三个角度，综合研究"一带一路"沿线区域地球系统气候环境变化，科学评估其未来发展趋势和影响，服务国家"一带一路"倡议。

在此中心成立之前，受中科院国际合作局委托，以谭亮成为负责人，地球环境所举办过一期"'一带一路'气候环境变化培训班"，对来自塔吉克斯坦、乌兹别克斯坦、泰国、伊朗、印度、塞尔维亚等"一带一路"沿线9个国家的19名青年讲师、助理研究员、博士研究生，进行了为期15天的培训。这次培训取得了很好的效果，加强了各国科研人员之间的交流和联系。

由晏宏、谭亮成、王云强等地球环境所的优秀青年发起和参与的"青年地学论坛"，在全国范围已经举办过5届。晏宏担任过第三届论坛主席，现在是这个组织的理事长。谭亮成说："这个论坛要求参与人员的年龄在35岁以下。我们正赶上了一个飞速发展的时期，仅仅一年时间，参与论坛的人数就从2016年的300人增加到了2017年的500人。现在这个论坛已经变成地球科学领域规模大、影响广、自发的、一年一届的科学会议。会上大家都非常活跃，相互之间没有任何隔阂，完全放松地讨论科学的问题。"

2016年5月3日，美国国家科学院在其官网上公布了2016年度新当选的美国国家科学院院士名单，84位来自美国本土的科学家新当选为美国国家科学院院士，另有来自14个国家和地区的21位科学家新当选为美国国家科学院外籍院士，中科院地球环境研究所安芷生因"在亚洲季风动力学和全球气候变化中的原创性杰出持久贡献"而位列其中。他也是本年度当选的唯一供职于中国国内研究机构的研究人员。

2017年5月4日，美国当地时间下午2：30，安芷生院士用英语发表了简短的即席脱稿演讲：

"尊敬的女士们和先生们：诚挚感谢您组织的这个专题研讨会，也非常感谢前面所有的发言者。很高兴有机会参与这次研讨会并在此发言。

"首先，我非常荣幸能够当选美国国家科学院外籍院士，可以说这是我多年努力的一个目标。

"美国国家科学院是现今世界范围内顶级的科学组织，在美国和世界科学及学术界享有盛誉。基于此，我还要特别感谢推荐我加盟美国国家科学院的约翰·库茨巴赫教授，还有协同推荐、支持我的地质学、大气科学、生态学和地球物理学等领域的美国国家科学院院士和其他同行、朋友，以及我的妻子台益和。

"我认为他们的支持帮助不仅是对我个人的认可，更是对中国地球科学、环境科学和全球环境变化研究所取得成就的肯定。今天，我只想说一件事——当前中国的环境污染问题。我认为要研究环境问题，我们的研究思路不能仅仅只关注于局部影响因子，还要尝试追溯这些区域性问题与全球环境变化的潜在联系。比如雾霾现在已经影响到中国北方大部分城市，特别是冬季时节。这当然与石化燃料的排放等有关，但我们要去理解区域和全球气候变化是如何影响这种现象的。再比如，如果东亚冬季风强，风速增加会减轻甚至吹散雾霾；但如果冬季风较弱，而南风较强，这种情况下就有可能在中国华北出现非常严重的雾霾事件，这包括了北京和西安。正如你们所知道的，亚洲冬季风环流与西伯利亚高压密切联系，同时又与北半球高纬地区升温，即与全球变暖密切相关。

"总之，我就是想强调要将区域与全球相结合，加强全球气候环境变化研究的必要性，而不是罔顾气候变化的事实，视而不见。

"谢谢大家！"

一起走过

三十余年沧桑砥砺，风雨兼程，黄土室的周卫健、祝一志、周明富、台益和、张光宇、高万一、孙福庆、刘荣谟、张景昭、徐懋良、刘卫国、熊莲娥、胡桂珍、张兰舫、张成秀、左双双、高明奎、任康定等老同志，黄土室的客座教授吴锡浩、卢演俦、董光荣、王苏民、张信宝、张德二、孙湘君等，20世纪80年代大学毕业加盟的刘禹、周杰、张小曳、肖举乐、孙东怀、郑洪波、汪洪、闫远森、谢军、李雪松、严军、蒋宇、林本海、李正华、任剑璋，曾任地球环境所所长的郭正堂，地球环境所的客座教授朱照宇、孙继敏、方小敏、柳中晖、程海、于际民等，在地球环境所取得博士学位的刘晓东、曹军骥、孙有斌、李小强、鹿化煜、李力、蔡演军、卢雪峰、郑艳红、吴枫、蔡秋芳、王旭龙、韩永明、常宏、强小科、吴枫、朱崇抒、刘随心、王政、李新周、李祥忠、谭亮成、鲜锋、程鹏、宋慧明、解小宁、康树刚、张鹏、陈宁、刘起、熊晓虎、卢凤艳、董吉宝、范煜坤、孔祥辉、张飞、雷莺、晏利斌、蓝江湖、吴书刚、胡婧、张丽、孙辉、邢萌、王欢业、赵淑雨、杜雅娟、章泽科、王鹏、付云翀、周家茂，在地球环境所取得硕士学位的郭东欣、刘汉启、赖忠平、曹蕴宁、张婷、赵国庆、戴文婷、马乐、侯瑶瑶，进入地球环境所做博士后留所的宋友桂、陈怡平、金钊、胡塔峰、张宁宁、李强、李建军、王启元、张鹏、董国成、刘万岗、张倩、赵家驹、薛永刚，研究所引进的优秀学者金章东、李国辉、黄宇、韩月梅，地球环境所"青年百人计划"学者晏宏、王云强、石正国、牛振川、陈龙、刘金召，地球环境所送到国外取得博士学位的李雪松和张路远，当前在所里进行党政科研管理、教育、基建后勤部门工作的康贸易、于学峰、吴振宇、李红兵、武振坤、王丹、孙军艳、张英雯、汶玲娟、吕钟锐、何茂森、周飞、马小艳、王维、马慧、康志海、李明（女）、张义、白洁、刘玉杰、张旭、杨维帆、宫玮等同志，调入其他单位的王格慧、徐海等同志，招收的所外博士毕业生肖军、卢红选、贺茂勇、王益、王凯博、宋怡、苏小莉、赵宏丽、张萍萍、孙长峰，招收的所外硕士毕业生杜花、李明（男）、邓丽等，他们为黄土室和地球环境所的建设作出的卓越的、不可或缺的贡献，载入了地球环境所发展的史册。未来地球环境所全体人员将继承和发扬黄土室"如履薄冰，奋发图强"的黄土精神，立足西部，团结奋进，再创辉煌！

21世纪以来，地球环境所继承黄土室的优良传统，开放、再开放，通过共同申请中美国家自然科学基金和其他基金，开展野外考察、实验室分析、人员交流和学术讨论会；通过举办暑期班、合作撰写论文等途径，与国际一流科学家和有特色的专家合作，在国际著名期刊发表文章，取得了双赢的丰硕成果。

这些科学家包括：史蒂文·波特（Stephen Porter，华盛顿大

学第四纪研究中心主任，第四纪地质和冰川学家），乔治·库克拉
（George Kukla，美国哥伦比亚大学教授，第四纪地质学家），约
翰·库茨巴赫（John E. Kutzbach，美国威斯康辛大学教授，数值模
拟学家），雷蒙德·布拉德利（Raymond S. Bradley，美国马萨诸塞
州立大学教授，古气候学家），理查德·多德森（John R. Dodson，
澳大利亚伍伦贡大学教授，生态学家、孢粉学家和古气候学家），谢
夫·范登伯格（Jef Vandenberghe，荷兰阿姆斯特丹自由大学教授，
沉积学家），理查德·有本（Richard Arimoto，美国新墨西哥州立
大学环境监测研究中心高级科学家，大气化学家），梅兹·斯托伊
弗（Minze Stuiver，美国华盛顿大学第四纪研究中心教授，^{14}C年代
学专家），道格拉斯·多纳休（Douglas Donahue，美国亚利桑那大
学教授，宇宙成因核素学家），约翰·海德（John Head，澳大利亚
国立大学教授，^{14}C年代学专家），罗伯特·杜斯（Robert Duce，美
国德克萨斯农工大学教授，大气化学家），华莱士·布洛克（Wallace
Broecker，美国哥伦比亚大学教授，美国国家科学院院士，古气候、
古海洋学家），彼得·莫尔纳（Peter Molnar，美国科罗拉多大学地
质科学系教授，地球科学家），伊内兹·冯（Inez Fung，美国加州大
学伯克利分校教授，美国国家科学院院士，大气科学家和数值模拟
设计师），拉里·爱德华兹（Larry Edwards，美国明尼苏达大学教授，
美国国家科学院和艺术与人文科学院双院士，2015年当选为中科院
外籍院士，是建立高精度TIMS铀系测年方法的先驱，石笋古气候学
家），乔治·登顿（George Denton，美国缅因大学教授，古气候和
冰川学家），史蒂文·克莱蒙斯（Steven C. Clemens，美国布朗大学
地球科学系高级科学家，古海洋、古气候学家 ），陈德亮（Deliang
Chen，瑞典哥德堡大学讲席教授，瑞典皇家科学院院士，中国科学

院外籍院士，前国际科学联合会理事会执行主任），铁学熙（Xuexi Tie，美国国家大气研究中心高级研究员，大气化学家），黄永松（Yongsong Huang，美国布朗大学地球科学系教授，有机地球化学家），林杭生（Henry Lin，美国宾夕法尼亚州立大学教授，土壤学家），史蒂文·科尔曼（Steven M. Colman，美国明尼苏达大学教授，古湖泊、古气候学家），蒂莫西·朱尔（Timothy Jull，美国亚利桑那大学教授，宇宙化学家），沃伦·贝克（Warren Beck，美国亚利桑那大学教授，地球化学家、古气候学家），乔治·布尔（George S. Burr，美国亚利桑那大学教授，第四纪地质学家），朱迪·乔（Judith Chow，美国沙漠研究所大气科学部教授，气溶胶学家，获2011年度陕西省国际合作最高奖——三秦友谊奖），约翰·沃森（John Watson，美国沙漠研究所大气科学部教授，气溶胶学家），裴有康（David Y. H. Pui，美国明尼苏达大学教授，美国国家工程院院士，曾任国际气溶胶学会主席），张人一（Renyi Zhang，美国德克萨斯农工大学教授，大气化学家），约翰·艾勒（John Eiler，美国加州理工学院教授，美国国家科学院院士，地球化学家），卡马拉·加尔齐奥内（Carmala Garzione，美国罗彻斯特大学地球与环境科学系教授，地球化学家），汉斯·林德霍姆（Hans Linderholm，瑞典哥德堡大学教授，树轮气候学家），格哈德·施莱瑟（Gerhard Schleser，曾任德国Jülich Forschungszentrum研究中心ICG-V研究所所长，欧洲树轮研究协会创立者并任该协会第一届主席），保罗·基鲁比尼[Paolo Cherubini，《树木年代学》（Dendrochronologia）杂志主编，瑞士联邦森林、雪与景观研究所高级研究员]，金姆·科布（Kim M. Cobb，美国乔治亚理工学院地球与大气科学系教授），史蒂芬·李维特[Steven W. Leavitt，美国亚利桑那大学树轮国家实验室副主任,《树木年轮研究》(*Tree-Ring Research*)杂志主编],连炎清（Yanqing Lian，美国伊利诺伊大学教授，水文学家），亚伦·帕特南（Aaron Putnam，美国缅因大学教授，宇宙成因核素和古气候学家），杨洪（Hong Yang，美国布莱恩特大学教授，生物地球化学家），冯夏红（Xiahong Feng，美国达特茅斯学院教授，同位素地球化学家），沃尔特·库切拉（Walter Kutschera，奥地利维也纳大学教授，核物理学家），罗伯特·希尔顿（Robert Hilton，英国杜伦大学教授，有机地球化学家），约书亚·韦斯特（Joshua West，美国南加州大学教授，地貌学家）。

1978年前后，在方毅同志的支持下，《哥德巴赫猜想》《小木屋》《胡杨泪》等一批反映科学家和科技创新的报告文学作品相继问世，引起了强烈的社会反响。这些被人们认为反映了"科学的春天"到来的激越文字，已经或依然在影响着很多人的人生选择。

2013年5月，中国科学院启动了新一轮机关管理体制改革，成立了科学传播局。在传播局的战略规划中，明确提出创作一批反映科技创新、歌颂科技工作者的高质量文化产品，争取可以传世。在中国作家协会副主席白庚胜同志、中国科学院文联主席（现任名誉主席）郭曰方同志、中国科学院科学传播局局长周德进同志的倡议下，这一想法明确为创作出版一套反映新中国科技成就的报告文学作品。由此，中国科学院、中国作家协会、中国科学技术协会三方达成联合创作一套大型报告文学作品的高度合作共识。2015年1月，中国科学院、中国作家协会、中国科学技术协会主要领导联合会签工作方案，正式将其定名为"'创新报国70年'大型报告文学丛书"。

　　知易行难。经选题遴选、作家推荐、研究所对接，到2015年11月13日，"创新报国70年"大型报告文学丛书项目举行第一批选题签约仪式，6项选题正式开始创作。其后，项目进入稳步有序的推进阶段，先后组织了4批选题的编创工作。

　　这是一个跨部门、大联合、大协作的项目，从工作设想到一字一句落墨定稿，数百人为之操劳奔走，为之辛苦不眠，为之拈断髭须。在选题、作家遴选阶段，中国科学院12个分院近60家院属单位提交了选题方向建议，多家研究所主动联系项目办公室，希望承担选题创作支撑任务；白春礼、侯建国、钱小芊、白庚胜、谭铁牛、王春法、袁亚湘、杨国桢、万立骏、陈润生、周忠和、林惠民、顾逸东、王扬宗、彭学明等20余位院士、专家直接参与统筹指导、选题遴选工作，为从根源上保障丛书水准出谋划策；中国作家协会、中国科学技术协会给予项目高度支持，细心考虑多方因素，源源不断地推荐最合适的优秀作家，提供强有力的支撑。

　　在调研创作阶段，30余位作家舟车劳顿，不辞辛劳深入科研一线调研采访，深挖一人一事。以"青藏高原科学考察项目""东亚飞蝗灾害综合治理""顺丁橡胶工业生产新技术""灾后心理援助十周年纪实""从人工全合成牛胰岛素研究到人工全合成核糖核酸研究""从'黄淮海战役'到'渤海粮仓'""包头、攀枝花、金川综合开发项目""中国植物分类学发展与植物志书编纂""中国科大'少年班'""李佩先生相关事迹"为代表的选题，因涉及年代较为久远，跨越了一代甚至几代人的时光，部分重大工程参与单位遍布全国，部分中国科学院外单位甚至已经取消或重组，探访困难。纪红建、陈应松、薛媛媛、秦岭、铁流、李鸣生、杨献平、彭程、李燕燕、冯秋子等作家，在选题依托单位的支持下，以科研成果为中心，不囿于门户，尽最大可能遍访相关单位和亲历者，尊重历史、尊重科学的初心始终如一。以"从'望洋兴叹'到'走向深海大洋'""从无缆水下机器人研究到'蛟龙'号载人深潜器""猕猴桃属植物资源保护、种质创新及新品种产业化""我国两栖动物资源'国情报告'""中国泥石流研究""文章写在大地上——植物学家蔡希陶""中国北方沙漠化过程及其防治""冻土与沙漠地区工程建设支持西部发展""唤醒盐湖'沉睡'锂资源""澄江生物群和寒武纪大爆发"为代表的选题，采访、调研的客观条件较为恶劣。许晨、徐剑、李青松、裘山山、葛水平、李朝全、毛眉、李春雷、马步升、董立勃等作家，出远海、访林间、探深山、翻石冈、巡雨林、穿沙漠、过盐湖，亲历一线采风，与科研人员同吃同住同工作，以自己的亲身见闻，撰写出最生动的文章。而以"北京正负电子对撞机及二期改造工程""核聚变领跑记：中国的'人造太阳'""从黄土到季风""载人航天工程空间科学与应用""大气灰霾的追因与控制""高福院士和他的病毒免疫学团队""强激光技术""'中国天眼'及南仁东先生事迹"为代表的选题，涉及大量晦涩难懂的基础科学研究及其前沿进展。叶梅、武歆、冯捷、周建新、哲夫、张子影、蒋巍、王宏甲等作家克服极大困难，"跨界"学习自己所不熟悉的科学知识，甚至成了相关领域的"半个专家"。与此同时，中国科学院下属30余家科研院所逾百位分管领导和工作人员任劳任怨、尽职尽责，为作家创作提供支撑保障。如西北生态环境资源研究院办公室副主任岳晓，曾十余次陪同作家前往一线采访，包括环境艰苦恶劣的青海格尔木站和北麓河站（海拔4800米）、宁夏中卫沙坡头站、新疆天山冰川站和阿勒泰站等。

在审读定稿阶段，科学界、文学界近150位专家参与审读工作，为高质量作品的诞生提供有力保障。"冯康先生及其家族对中国科学技术的贡献"选题作家宁肯在书稿初稿创作完成后，秉着精益求精的态度，充分尊重各方建议，先后进行了三次重大调整，所付出的精力与调研创作时不相上下。"周立三先生对我国国情研究的贡献"选题作家杜怀超对作品精雕细琢，根据审读意见不断修改完善，对笔误也一一审校订正，力争做到尽善尽美。

"创新报国70年"大型报告文学丛书的创作出版工作，已历时五年。这五年中，科学与文学相互激荡、科学家与文学家激情碰撞。这些"碰撞"，也成为开展工作的难点所在。例如，书稿标题的拟定，是应当更平实，还是更富文学性？一项科研工作，是应当尽可能全面展示，还是选取最具可读性的片段施以浓墨重彩？一个或多个工作团队中，应当展现什么人物？又该重点展示这些人物的哪些方面？凡此种种，在成稿之前，作家和科研人员都展开了无数轮"激烈"讨论，经过多方考虑才达成一致。这些或大或小的"碰撞"，在编写过程中，是大家的焦虑所在；在最终呈现给大家的这套书中，也许将是最精华之所在。处理或有不周，但作为一种"跨界"的磨合，相信读者会读出不一样的精彩。

"创新报国70年"大型报告文学丛书项目办公室设在中国科学院科学传播局，联合中国作家协会创联部、中国科学技术协会调宣部共同开展统筹协调工作。项目执行单位先后设在中国科学院计算机网络信息中心、中国科学院文献情报中心。前前后后，数十人为之操劳奔忙，他们是中国科学院的杨琳、胡卉、储姗姗、李爽、陈雪、崔珞、王峥、孙凌筱、张颖敏、岳洋，中国作家协会的高伟、范党辉、孟英杰，中国科学技术协会的孟令耘等。这个团队持续跟踪选题创作和审读进展，及时发现问题、解决问题，付出了大量的时间和精力，保障了丛书的顺利出版。

感谢中国作家协会、中国科学技术协会、中国科学院以及浙江教育出版社的精诚合作，感谢各位专家、作家和工作人员对此项工作的辛勤付出，相信"创新报国70年"大型报告文学丛书的出版能够有力地传承科学文化，推进科技与人文融合发展，弘扬社会主义核心价值观和新时代科学家精神，为实现中华民族伟大复兴的中国梦发挥出独特作用。

"创新报国70年"大型报告文学丛书项目组

2019年6月

图书在版编目（ＣＩＰ）数据

向西向北向全球 / 冯捷著. -- 杭州 ：浙江教育出
版社，2019.12

（"创新报国70年"大型报告文学丛书）

ISBN 978-7-5536-9847-2

Ⅰ．①向… Ⅱ．①冯… Ⅲ．①报告文学－中国－当代

Ⅳ．①I25

中国版本图书馆CIP数据核字(2020)第008708号

"创新报国70年"大型报告文学丛书

向西向北向全球

XIANGXI XIANGBEI XIANGQUANQIU

冯捷　著

策　　划	周　俊
责任编辑	焦　霖
美术设计	韩　波
责任校对	彭　宁　戴正泉
责任印务	沈久凌
出版发行	浙江教育出版社（杭州市天目山路 40 号　邮编：310013）
图文制作	杭州林智广告有限公司
印刷装订	浙江海虹彩色印务有限公司
开　　本	635 mm×965 mm　1/16
印　　张	15.25
字　　数	177 000
版　　次	2019 年 12 月第 1 版
印　　次	2019 年 12 月第 1 次印刷
标准书号	ISBN 978-7-5536-9847-2
定　　价	48.00 元
联系电话	0571-85170300-80928
网　　址	www.zjeph.com